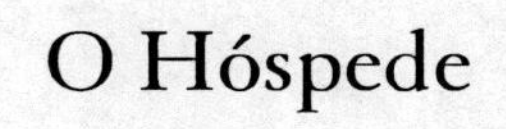

O Hóspede

Mario Higa

O Hóspede

CONTOS

Ateliê Editorial

Dados Internacionais de Catalogação na Publicação (CIP)
(Câmara Brasileira do Livro, SP, Brasil)

Higa, Mario
O Hóspede: Contos / Mario Higa. – Cotia, SP:
Ateliê Editorial, 2018.

ISBN 978-85-7480-798-0

1. Contos brasileiros I. Título.

18-15492 CDD-869.3

Índices para catálogo sistemático:

1. Contos: Literatura brasileira 869.3

Iolanda Rodrigues Biode – Bibliotecária – CRB-8/10014

Direitos reservados à

ATELIÊ EDITORIAL
Estrada da Aldeia de Carapicuíba, 897
06709-300 – Granja Viana – Cotia – SP
Tels.: (11) 4612-9666 | 4702-5915
www.atelie.com.br | contato@atelie.com.br
facebook.com/atelieeditorial | blog.atelie.com.br

Printed in Brazil 2018
Foi feito o depósito legal

Sumário

Um copo de caos, por favor!

Zaratustra (apócrifo)

PARTE I

Em Nome do Pai

Orville Derby

A Pedro Clemes

I

Orville Derby veio ao Brasil pela primeira vez em 1870. Eram os trópicos, então, um vasto laboratório onde cientistas americanos e europeus buscavam encontrar evidências materiais que confirmassem suas teorias. Derby integrou a primeira expedição Morgan, que reuniu estudantes de Cornell e Harvard com o objetivo de explorar terrenos devonianos e carboníferos no litoral nordeste e interior do Pará. Charles Frederick Hartt, seu professor de geologia em Cornell, e chefe da expedição, foi quem o convidara. Hartt pesquisava o Brasil desde 1865, quando participara de outra missão científica, a Thayer, chefiada pelo naturalista suíço Jean Louis Agassiz. A segunda expedição Morgan ocorreu no ano seguinte à primeira, e dela fizeram parte apenas Hartt e Derby, que assim prosseguiram seus estudos na região amazônica. Parte dos resultados dessas pesquisas encontra-se na tese que Derby defendeu em Cornell, em junho de 1874, sobre fósseis carboníferos em rochas calcárias no rio Tapajós, altura de Itaituba, na Província do Pará. Trata-se da primeira tese sobre geologia do Brasil apresentada em uma universidade americana, e a única nessa área, defendida nos Estados Unidos, até meados do século xx.

Em agosto de 1874, Hartt desembarcou no Rio de Janeiro a convite do ministro da agricultura José Fernandes da Costa Pereira Júnior, que tentava convencer D. Pedro II a criar um serviço geológico do Império. Tal serviço teria como prioridade realizar uma carta mineralógica do país, cuja função seria não apenas mapear riquezas do solo brasileiro, como também auxiliar na regulamentação do sistema de concessão de minas. Também a agricultura sairia beneficiada, pois esse mapeamento definiria áreas para sua expansão, à época fortemente impulsionada pela demanda do comércio cafeeiro. Foi num jantar no Palácio Imperial, em Petrópolis, que Hartt fez uma criteriosa e detalhada exposição sobre a necessidade e as vantagens desse serviço ao imperador. Dessa exposição, em conjunto com os esforços de Pereira Júnior, nasceu, em abril de 1875, a Comissão Geológica do Império do Brasil (CGIB), para a qual Hartt foi nomeado seu diretor.

Derby chegou ao Rio em dezembro de 1875. Vinha outra vez a convite de Hartt para trabalhar ao lado de pesquisadores brasileiros e americanos, além do fotógrafo Marc Ferrez. Por dois anos, a CGIB empreendeu uma das missões científicas mais importantes do Brasil no século XIX. Apesar disso, ou pelos resultados práticos, que não atenderam às expectativas do Império, o serviço foi suspenso em junho de 1877 por prazo indeterminado. A seu diretor, alegou-se contenção de despesas administrativas. Hartt talvez pudesse ter revertido esse quadro junto ao imperador se lhe tivesse tido mais acesso. Mas nesse período, D. Pedro II passou longa temporada ausente do país, em viagens pela América do Norte, Europa, Norte da África e Oriente Médio.

O revés não abalou Hartt e Derby, que decidiram permanecer no Brasil, ao contrário de seus compatriotas. Aqui, catalogariam amostras e preparariam relatórios para o Museu Nacional à espera de que o serviço fosse reestabelecido. O golpe final veio em janeiro de 1878, com a queda do gabinete conservador, e a subida dos liberais ao poder, que resultou na extinção da CGIB. Dois meses depois, na manhã do dia 18 de março, Hartt morreu de febre amarela, em sua casa, aos 38 anos. Estava ao lado de Derby, e longe da família que ele havia "trocado" pela ciência e pelo Brasil. (Lucy Hartt e os dois filhos do casal, Mary e Rollin, chegaram a visitá-lo, pouco depois de a CGIB ser criada. No ano seguinte, Lucy engravidou de gêmeos, mas com receio das condições sanitárias da capital brasileira, decidiu retornar com os filhos a Buffalo, no Estado de Nova York, onde perdeu os bebês. Após deixar o país, nunca mais respondeu às cartas, sempre galantes e afetuosas, do marido.)

Com a morte de Hartt, Derby assumiu o posto de primeiro geólogo do Brasil e da América do Sul, além de herdeiro e continuador das teorias de seu mestre e amigo. Como Hartt, Derby dedicou sua vida à ciência e ao país que escolhera para viver. Mas ao contrário de seu mentor, não se casou, "por pura precaução", como confessou numa carta a um amigo próximo, companheiro de comissão. Viveu de modo modesto e reservado, como geólogo autônomo e funcionário público, atuando por vezes sem remuneração. Morou no Rio, em São Paulo, na Bahia, sempre sem residência fixa, dormindo em pensões ou hotéis. Seus estudos, que somam 175 publicações, e sua atuação política, como homem de ciência, na criação e organização de comissões científicas, são de inestimável valor para o Brasil.

Idealista e obstinadamente determinado, Derby sofreu com a máquina da burocracia brasileira e com a política da

República Velha para pôr em prática seus projetos. As decepções profissionais o teriam levado a um crescente estado de depressão, que resultou no suicídio, cometido na manhã do dia 27 de novembro de 1915, num quarto do Hotel dos Estrangeiros, no Rio. Tinha 64 anos, e apenas três meses de haver recebido a cidadania brasileira. Seu biógrafo Pierluigi Tosatto avança um passo nessa questão e sugere que uma "banana" dada pelo ministro da agricultura José Rufino Bezerra Cavalcanti teria sido o fator culminante da morte de Derby.

Dias antes do suicídio, Derby pedira uma audiência com Cavalcanti para discutir a situação do Serviço Geológico e Mineralógico do Brasil (SGMB), então vinculado ao Ministério da Agricultura, e que vinha sofrendo cortes sistemáticos em seu orçamento desde 1910, intensificados em 1914, com a eclosão da Primeira Guerra. Derby esperava reverter essa situação, que punha em risco a existência do órgão que ele havia criado e dirigia desde 1907, e que era uma espécie de revivência da Comissão Geológica do Império do Brasil. No gabinete do ministro, Derby fez uma minuciosa explanação das atividades do SGMB, em retrospecto e em prospecto, elencando iniciativas, resultados, planos e objetivos, com números estatísticos e dados atualizados. O ministro acompanhou tudo com interesse. Chegou a levantar questões para aprofundar alguns pontos da explanação. Ao final, muito afável, e aparentemente compreensivo, prometeu apoio e comprometeu-se a revisar os cortes que emperravam e ameaçavam os trabalhos do SGMB. "Satisfeito", descreve Tosatto, "Derby despediu-se, mas ao retirar-se, teria visto no reflexo de um espelho ou vidro no seu caminho a figura do ministro fazendo o gesto vulgar de 'dar-lhe uma banana'".

Um disparo na têmpora, entre a extremidade inferior da sobrancelha e a parte superior do pavilhão da orelha direita, sem nenhuma carta ou nota, matou o "pai da geologia brasileira".

Em 1951, sob a administração Vargas, o governo reconheceu de forma oficial a contribuição que Derby havia feito à modernização do país ao lançar um selo e uma medalha comemorativos ao centenário de seu nascimento. Na ocasião, organizou-se uma série de eventos públicos e publicações, dos quais participaram convidados nacionais e estrangeiros.

A história da efígie de Orville Derby conclui sua biografia do mesmo modo com que o geólogo pautou sua vida: com dedicação e rigor. Logo após a divulgação da notícia do suicídio, cientistas, políticos e técnicos do SGMB dirigiram-se ao Hotel dos Estrangeiros, na antiga Praça José de Alencar, que havia pouco mais de dois meses fora palco de outra tragédia: o assassinato de Pinheiro Machado. No quarto, um dos técnicos lembrou que não havia nos arquivos do órgão uma fotografia recente do seu diretor. Decidiram, então, fotografá-lo ali.

Lavaram-no, vestiram-lhe uma roupa sóbria, fizeram-no sentar ante um fundo branco. Prepararam-lhe o cabelo, a barba, e abriram seus olhos com palitos. Foram seus próprios assistentes que o fotografaram, e depois retocaram o negativo para que o artifício que mantinha os olhos abertos não aparecesse na revelação. Nesse retrato, que serviu de modelo à efígie do selo e da medalha comemorativos do centenário de seu nascimento, Derby nos observa com o olhar sereno e austero.

2

Na sede da Academia Brasileira de Ciências, no centro do Rio, comemorou-se no dia 23 de julho de 2001 o sesquicentenário de nascimento de Orville Derby. O evento foi organizado pelo Departamento Nacional de Produção Mineral, o Serviço Geológico do Brasil – ambos vinculados ao Ministério de Minas e Energia – e pela própria Academia. Na ocasião, autoridades públicas se pronunciaram sobre a vida do geólogo, e pesquisadores reavaliaram sua obra. Dos trabalhos apresentados, destacou-se, por sua originalidade, o painel dos cientistas sociais. Além de historiadores da ciência, oriundos na maioria da geologia, poucos pesquisadores com formação nas ciências sociais haviam se ocupado, até então, da obra de Derby. Para cobrir essa lacuna, estudiosos expuseram ao público do simpósio os resultados de suas pesquisas, empreendidas no sentido de construir uma visão socioantropológica do legado orvilliano.

Alunos do departamento de Antropologia da Universidade de São Paulo coordenaram uma exposição de "fotografias tipológicas" da Expedição Thayer. Nas dependências da academia, foi exibida uma série de retratos-padrão de mestiços e negros feitos entre 1865 e 1866. Walter Hunnewell, fotógrafo oficial da expedição, retratou mestiços no Amazonas, e August Stahl, fotógrafo alemão contratado por Louis Agassiz, fotografou negros no Rio de Janeiro. O objetivo do naturalista suíço e chefe da expedição, como explicou Toni Horta, professor de antropologia cultural da Universidade de São Paulo, era o de legitimar, com apoio do registro fotográfico, suas teses "racialistas" sobre a diversidade da origem humana, ou a impossibilidade de as espécies evoluírem umas das outras. Dessas teses, erguia-se uma hierarquia das raças que fazia frontal oposição aos pressupostos evolucionistas de Charles Darwin. "Agassiz veio ao Brasil com o intuito de refutar Darwin, de expor o equívoco do evolucionismo, cujo prestígio minava sua reputação na Europa e nos Estados Unidos. Esse racialismo etnocêntrico que guiou suas pesquisas no Brasil, e que seria hoje classificado de hegemonista branco", disse Horta a *O Globo*, "foi transmitido a seus discípulos, como Charles Hartt, que por sua vez o passou a Derby. Não se trata de transferência automática, claro, porque a história continuamente matiza e refaz seus conceitos. Trata-se, nesse caso, de ressonância conceitual. Como cientistas sociais, é nosso dever medir a intensidade dessa vibração e, dentro das possibilidades à nossa disposição, definir seus contornos."

Afinado com o trabalho de Horta, o linguista Amorim de Carvalho, do Instituto de Estudos da Linguagem da Universidade de Campinas, examinou uma série de notas e memorandos trocados entre Derby e Teodoro Sampaio, que trabalharam juntos na Comissão Geológica e Geográfica de São Paulo, entre 1886 e 1892. O objetivo de Carvalho era o de "rastrear atitudes linguísticas de Derby que indiciassem vestígios de discriminação racial e formas de agressividade passiva". Num memorando, datado de agosto de 1887, por exemplo, referindo-se a um relatório que Teodoro Sampaio havia preparado sobre o solo e a vegetação no entorno da Serra da Bocaina, Derby comenta: "Bravo! Sua acuidade e competência por vezes excedem minhas expectativas!" Para Carvalho, que analisou esse e outros fragmentos, "a frase claramente embute um preconceito típico das elites brancas americana e brasileira".

Uma das comunicações mais esperadas do simpósio foi a do sociólogo Lorson Craveiro, da Universidade Federal da Bahia. Craveiro viajou aos Estados Unidos, passou uma temporada na cidade natal de Derby – Kellogsville, no Estado de Nova York –, foi às escolas em que ele estudou, à igreja que a família frequentava, esteve em Cornell, e entrevistou todas as pessoas cujos parentes, ou amigos, conheceram Derby, ou qualquer pessoa do seu relacionamento. Craveiro queria esclarecer a questão do suicídio. Os motivos até então apontados não o convenciam. "Dissabores políticos e profissionais poderiam levar, em sentido extremo, um homem de família ao suicídio, por expor, digamos, seu fracasso à sociedade, ou por colocar em risco sua posição de provedor familiar. Mas Derby era um homem solitário, sem família, bem-sucedido e bem empregado. E sua frustração com a República Velha não fora menor do que com o Império. Ao contrário, o Império encerrou as atividades da Comissão Geológica de modo abrupto e arbitrário, com alegações evasivas e improváveis, enquanto a República manteve a custo o Serviço Geológico e Mineralógico, mesmo depois da morte de Derby, e apesar dos problemas orçamentários. Assim, a tese do suicídio por razões políticas não se sustenta. Derby conhecia o Brasil tanto quanto ou mais do que qualquer pessoa de seu tempo. Conhecia-o por dentro. Sabia o que dali poderia ou não ser extraído. Não foi o Brasil quem matou Derby. 'Quem teria sido, então?' era o que me perguntava."

A hipótese da homossexualidade emergiu de diversos fatores. "A opção pela vida celibatária é apenas um deles, e não o mais significativo", disse Craveiro, que nos Estados Unidos não encontrou nenhum caso amoroso de Derby anterior à sua vinda ao Brasil. "Também nos quarenta anos em que viveu em nosso país", continuou o sociólogo, "nada se sabe a esse respeito." Para Craveiro, a imagem um tanto heroica de Derby, como líder e mestre das geociências, como "pai da geologia brasileira", está em parte associada a seu "ascetismo sexual". "Ocorre que a ascese conflita, por princípio, com a atitude telúrica radical de Derby. O asceta ressente-se de viver, reprova e rejeita a dimensão material do universo, que considera um mal, mas que, por outro lado, é a fonte de sentido da existência do homem de ciências. Não é coerente, portanto, que a sensorialidade do mundo seja ativada por uma mente que habita um corpo passivo. Pela lógica das correspondências – e não nos esqueçamos de que estamos num território regido pela lógica –, à atividade decodificante da matéria deve corresponder uma imanência decodificadora plenamente ativa. Logo, o ascetismo cai por terra e, por conseguinte, alguma forma de ação ou manifestação sexual tem de aflorar", afirmou Craveiro.

Em sua obra mais conhecida, o sociólogo baiano examina as academias literárias do Brasil colonial como espaços homossociais. Na esteira dessa pesquisa, Craveiro publicou na *Revista USP* um ensaio no qual discute o comportamento sexual de operários em outro espaço homossocial, mas moderno: o das plataformas de petróleo. Desses estudos, nasceu sua recente proposta de categoria de gênero HMSH – homens que gostam de mulheres mas fazem sexo ocasionalmente com outros homens –, que o Facebook americano incorporou à sua lista de 53 categorias, além de masculino e feminino. Na hipótese de Craveiro sobre Derby, as pesquisas de campo dos naturalistas do século XIX concebiam, por força das circunstâncias, espaços homossociais. "Na segunda Expedição Morgan, Hartt e Derby, seus únicos participantes, percorreram o Vale do Amazonas, no Pará, e a Ilha de Marajó, por sete meses. Ambos praticamente isolados da civilização e seu olhar disciplinador. Data de então a permanência de uma amizade que só terminará com a morte de Hartt", observou Craveiro. "E essa amizade, segundo pude apurar em documentos e testemunhos nos Estados Unidos, teria sido o verdadeiro motivo de Lucy Hartt ter abandonado o marido, grávida de gêmeos, no Rio de Janeiro."

"Na fluidez da sexualidade", concluiu Craveiro, "o percurso de transferência da categoria HMSH para a de HSR (homossexual ressentido), quando ocorre, tende a produzir no sujeito, como derivação do conflito autossexual, um forte estado de distúrbio depressivo, cujo efeito provém da interação de vetores do ambiente cultural com um tipo de atividade sináptica que a neurociência reconhece mas ainda está por descrever."

A quarta comunicação do painel das ciências sociais intitulava-se "Metáforas Geológicas em *Os Sertões*: a Presença de Orville Derby na Obra-prima de Euclides da Cunha". Antes de iniciá-la, a pesquisadora independente Josely Aguero foi advertida por um integrante da plateia que, em respeito ao rigor do evento e de seus participantes, seu trabalho deveria ser apresentado em outro painel, o de artes e humanidades. Não sendo isso possível, fazia-se necessário, ao menos, anunciá-la como um adendo a este painel. Outra voz levantou-se e contestou a proposta dizendo que, se todas as fronteiras do mundo civilizado estavam ruindo, não fazia sentido demarcar uma entre as ciências sociais e as artes e humanidades. "E se fosse o caso de cimentar balizas", disse por fim essa voz, "o tema dessa comunicação a confinaria no painel de filologia e retórica, e não artes e humanidades."

❦ Outono* ❦

No outono, à medida que a estação avança, o verde cintilante das folhas se converte em matizes de cores – amarelo, laranja, vermelho – cujo viço dos tons brilha tão intenso que, à clara luz dos dias outonais, parece despegar-se da superfície da folhagem. Quando o lume da cor se desbota, as árvores chovem folhas secas ao vento frio das tardes, cobrindo a grama dos parques e a dos jardins das casas. Foi uma dessas folhas, uma folha de bordo desbotada, que o menino apanhou no jardim e levou ao pai, por achar curioso o desenho que nela se havia formado.

O pai, que trabalhava em seu escritório, examinou-a com disfarçada desatenção. Depois, colocou-a sobre a mesa, concordando com o filho. "Vou ver se encontro outras como essa, pai. O senhor pode fazer marcadores de livro com elas, se quiser." "Posso, sim, filho. Quero, sim. Boa ideia", com voz já distante. Sua mente vagava por espaços internos, onde esperava encontrar materiais para sua poesia. Uma jovem e

* De um manuscrito de autoria desconhecida encontrado na biblioteca do Estado do New Hampshire, em Concord. Traduzido do inglês.

atraente editora da revista *New Yorker* lhe encomendara um poema inédito para uma edição especial, que sairia em dezembro. O pai, que havia há pouco terminado um novo livro, consultou seu editor, que vetou a divulgação de um poema da nova coletânea na revista nova-iorquina. "Estou cansado daquele pessoal de nariz empinado", disse por telefone. "Aquilo é uma panela. Depois te conto umas histórias cabeludas de lá; você não vai acreditar. Não vou entrar em detalhes agora; estou atrasado para uma reunião. Confie em mim: você não precisa dessa vitrine. Seu nome paira acima dela e acima dessa gente. Descanse e se prepare para a maratona de viagens e entrevistas que vamos ter pela frente, e que será, como sempre, supercansativa."

Mas o pai havia se comprometido com a jovem e atraente editora, e não queria faltar à sua palavra. Além disso, o convite para publicar na *New Yorker* possuía, para ele, um valor simbólico, quase emblemático. No início de sua carreira, batera à porta da revista algumas vezes, oferecendo-lhe contos e poemas, que foram laconicamente rejeitados. O mundo girou e, quem diria?, agora o procuravam. Poderia, enfim, desdenhá-los. Queria, de fato, fazer isso. Mas não pelo método convencional, negando-lhes um inédito, e sim enviando-lhes uma grande criação, um texto que ofuscasse não apenas outros colaboradores eventuais da edição, mas a própria revista em si, que se não estava em decadência mantinha alguma distância de seus dias de glória. Por tudo isso, ou seja, por uma questão que envolvia também amor-próprio, trabalhava com afinco num novo poema. Sem sucesso. O desgaste causado pelo último livro, somado à resposta de seu editor, puseram como que um travão em sua mente, que parecia esgotada para um inédito. O poeta estava em crise de criatividade, algo que já lhe havia ocorrido antes, e que por isso não o preocupava tanto.

"Pai, olha essa que bacana! Aqui tem um pássaro..., e aqui, uma flecha." "Uma flecha... ou um peixe?" "Uma flecha, pai." "Hum... O caçador vai matar o pássaro. Malvado!" "Não, pai. O pássaro cantou a flecha." "Ah... E feriu o caçador?" "Não, pai. A flecha acertou o peito do céu, que tremeu, e por isso as folhas caíram." E um orgulhinho afagou o peito do pai, que se viu criança outra vez. "O pássaro matou o céu, então?" Mas nem a poesia do filho, que voltara ao jardim, foi capaz de despertar a do pai. Os dias se passavam, e as palavras, como uma tribo nômade, não se fixavam na folha de papel. Em vão, o poeta tentava contê-las, domá-las, educá-las. Para não ser dominado por elas, o poeta sabia que, nessas horas, era preciso afastar a consciência vigilante da responsabilidade que lhe era imposta, ou que ela mesma se impunha, e esperar que sua camada mais recôndita trabalhasse por si. A isso chamava "depor temporariamente a índole voluntária da razão criativa". Assim, quase que por instinto, reclinou-se na cadeira, tomou uma das folhas que o filho havia lhe trazido, e segurou-a contra a luz para ver seu desenho.

A ramificação das nervuras desenhava de fato... uma imagem... um... E os olhos do pai percorriam o caminho das filigranas escuras no tecido opaco da folha, tentando decifrá-lo... Um tigre? Uma ânfora? Uma espiga de trigo? E perfazendo outra vez o trajeto das linhas, viu, não sem algum espanto, uma letra, W. E no extremo oposto, a mesma letra invertida, M. Havia letras ali! Em traços leves, quase invisíveis, assimétricas, minúsculas, bordadas entre nervuras e manchas, letras! Um Y e um L ao meio. Um H, um O... WHYLOM. Sim, era possível ler WHYLOM na folha! WHYLOM, "a velha fórmula de abertura das narrativas inglesas", lembrou. Uma versão antiga de "once upon a time...". Era o início de uma história! Teria a Natureza, como um deus *ex machina*, vindo enfim ao seu resgate? WHYLOM... e depois?

Pôs-se no jardim, com o filho, a catar folhas de bordo, que se espalhavam às centenas, aos milhares, pelo gramado. Logo, encontrou um JUST, e depois um DEFFER, e um HOST, ou GHOST, não estava certo se havia um G antes do H, e então um PIT AR, e um SILERE, WUND, STEIN, FERE, POSSE, MUTTER, X, CHÈ-ROUP, BLOWE, BINOT, DON, DESMISSUM, OMEAN, LUVST, LO. Algumas palavras se ofereciam como clareiras na floresta: SEW, por exemplo. Outras se mostravam mais recalcitrantes: THY O.

Com tachinhas coloridas, prendia as folhas no quadro de cortiça onde outrora pendiam fotos de amigos e familiares. Centenas de folhas agora se espalhavam pela mesa e pelo piso acarpetado do escritório. Ao prendê-las no quadro, tentava tramar uma sentença, ou ideia. Quando essas brotavam, acreditava, não sem alguma devoção, que por algum secreto e sinuoso caminho poderia ser ele, enfim – por que não? –, o poeta eleito para cumprir o ideal tantas vezes sonhado por outros poetas: o de escrever *o verdadeiro poema da Natureza*. Não era apenas disposição religiosa, ou metafísica, que o fazia crer nisso; era, com efeito, um fato concreto. No ímpeto de rastrear mensagens da Natureza, caminhou por ruas da vizinhança, afastando-se até quase perder-se, e chegou mesmo a ir, com o filho, a um parque da cidade sempre à cata de folhas de bordo. Mas nenhuma delas, das inúmeras que examinou, continha qualquer sinal: imagem ou palavra. Apenas as do seu jardim se faziam comunicar. Talvez, apenas as de uma árvore do seu jardim; uma, em torno da qual deitavam-se palavras. Mas isso não podia saber ao certo, pois só as folhas soltas se expressavam. Presas aos ramos das árvores, não falavam.

WHYLOM WUND GHOST, "num passado longínquo, um fantasma ferido". "Fantasma" ou "anfitrião"? JUST SEW OMEANN, "urde um sinal apenas". O "sinal" (*omen*), ou "significado" (*meaning*), que a Natureza envia ao poeta e lhe roga que o decifre. Ou, "urde um sinal preciso", transpondo *just* de advérbio a adjetivo. E ao repetir *just*, ouve – por acaso? – *jest*. E se lembra, então, de que *sew* e *soul* são semi-homófonas, como *just*, *jest*. Seria, portanto, um "sinal", ou "significado", de uma "alma justa"? Ou, "oh homens (*oh men*) de almas justas"? "Homens" (*men*) ou "homem" (*man*)? "Alma justa ou cruel (*mean*)"? TACET CUMAN ET BAUFLED HË SKIULLS, "mas o silêncio veio e frustrou suas manhas". "Frustrou" (*baffled*) suas "manhas" (*skills*) ou "agarrou-lhe" (*gaffled*) o "crânio" (*skull*)? Optou por esta versão, pois a primeira, como uma fragrância da juventude, ecoava em sua memória. E o verdadeiro poema da Natureza, pensava, havia de ser prístino, com as palavras nascendo na antessala da memória, que prepara o nascimento das Musas. A inscrição ∂用∪ςξς encontrada numa folha, que apanhou no ar, antes que tocasse o solo, o fez lembrar-se das antigas musas. Leu ali "9 musas". Algum tempo depois, no escritório, revirando a folha contra a luz, e revendo sua leitura, indagou para si: e se ao invés do contrarreflexo invertido de ∂, houvesse apenas sua imagem contrarrefletida? Com um 6, poderia formar *bemuse*. Ou *bemused*.

O poeta passa os dias nesse jogo, que logo se transforma em batalha. Os sentidos ricocheteiam no papel, entre palavras, ou no interior delas, sem que um centro fixo os possa estabilizar. Cada som remete a outros sons; cada termo, a outros termos; cada significado, a outros significados. Assim, indefinidamente. Seria, então, o poema da

Natureza, *o verdadeiro poema da Natureza*, o poema da remissão infinita?

Esta deveria ter sido, enfim, a conclusão do poeta, que, sem alcançá-la, entrama-se no labirinto de espelhos da linguagem das folhas de bordo. Em sua aflição diária, dispensa refeições, esquece de se banhar, quase não consegue dormir. Não atende mais as ligações de seu editor, nem as da jovem e atraente editora da revista *New Yorker*. Sua aparência assume aos poucos a figura de um guerreiro combalido, de um ermitão indomável, de um escombro de si mesmo. Sua mente, ou um demônio dentro dela, lhe repete a intervalos regulares, como um pêndulo excruciante: *Just, jest. Just, jest. Just, jest...*

O poeta está prestes a pôr o ponto final em seu derradeiro poema, o verdadeiro poema da Natureza. Antes escreve uma nota sobre uma folha de bordo. Depois, sereno, como há tempos não se via, contempla com o olhar cansado o jardim de sua casa desde a janela do escritório. Os ramos das árvores, desfolhados, retorcidos, apontam para uma, para várias, para todas as direções. Um deles, o de extremidade mais afilada, movendo-se brando à brisa da manhã, aponta com insistência na sua direção. O poeta não se move. Fita o jardim e espera. Espera que o filho saia para a escola. O ônibus escolar apenas dobra a esquina e um estampido seco e sibilante rasga a hora, espanta os pássaros, e desperta a mulher, que corre ao escritório do marido. O desenho do sangue na parede, sobre a cabeça reclinada, se abre como um facho de luz. O poeta parece uma lanterna vermelha, ou uma árvore outonal. Na folha de bordo, que repousa sobre a mesa, duas palavras: *why loom.*

O Hóspede

I

Entro em casa depois do trabalho e sou tomado de súbito por estranha e difusa sensação. Deposito as chaves sobre o aparador da sala e lanço um olhar à minha volta. Tudo parece estar como eu havia deixado. Não sou meticuloso, mas sei, ou intuo, o lugar dos objetos em sua aparente desorganização. Sigo até a janela e, com falsa naturalidade, abro-lhe as cortinas. A rua, embaixo, agita-se no bulício do fim de tarde. O maquinário do elevador ativa-se. Moradores chegam e saem. Ouço passos nos corredores, portas que se abrem e fecham, vozes emaranhadas, de alívio, de pressa, de cansaço. Olho-me no espelho do quarto, onde busco menos a minha imagem do que o espaço ao meu redor. Persiste a sensação de que algo está fora do lugar a ponto de me fazer sentir constrangido diante do meu próprio e solitário reflexo. Banho-me. O que teria causado esta sensação? Passo um café. Recolho a roupa da máquina. Estendo-a, uma a uma, no varal. Os pregadores de plástico colorem o ambiente e me remetem um instante à infância. O cheiro úmido do amaciante e o gosto quente do café me trazem algum conforto. Mas não esta sensação, que ainda tento definir, e que perdura com sintomas de um vago estremecimento.

No prédio em frente à área de serviço, do outro lado da rua, um homem de tiara vermelha com antenas de borlas brilhantes faz malabarismos com argolas prateadas para um grupo de crianças, que o aplaude em frenesi. O reflexo das luzes nas argolas emite *flashes* intermitentes. No apartamento ao lado, uma mulher de meia-idade, metida num vestido grená, dança diante do espelho da sala com um chapéu de cangaceiro. Um homem à mesa lê o jornal e lhe diz algo sem tirar os olhos da leitura. A mulher ri-se às gargalhadas. No apartamento embaixo, a mãe ajuda o filho com a tarefa escolar. É paciente e dedicada. Toda maternal. Num gesto de carinho, o filho se lhe achega ao braço, inclina-se para beijá-lo, e o abocanha com fúria! como um predador faminto em sua presa. A mãe tenta puxar o braço, desesperada. O filho parece enterrar os dentes até quase a gengiva. O grito contido explode no ar e se expande no espaço. O malabarista se desconcentra e perde a sequência das argolas, que caem, assustando as crianças. Ou terá sido o grito, o que as assustou? A mulher com chapéu de cangaceiro recompõe-se e corre à janela. Olha para cima, para os lados, para baixo, para mim. Faz-me um sinal. Outro som, este seco e abafado, como um corpo que cai, ecoa no interior do meu apartamento.

Corro a cozinha e a sala um pouco atordoado. Tudo parece estar como antes. Sigo pelo corredor que dá para os quartos. Sigo, e só agora percebo que o de hóspedes tem sua porta entreaberta. Como? se eu por hábito a mantenho fechada. Fora, um aglomerado de vozes se engalfinha, girando numa ciranda de cólera, frustração e dor. Percorro lento o corredor escuro e estreito, que leva ao quarto. Há tempos não entro ali. Há tempos não recebo hóspedes. Minhas namoradas, quando me visitam, dormem comigo. Nem me lembro ao certo da disposição de sua parca mobília: uma cama, um armário, um tapete, um mancebo? um abajur? um relógio? A moça da limpeza vem a cada duas semanas, quando estou no trabalho. É uma moça – na verdade, uma senhora – de confiança. Salvo alguma ocorrência excepcional, que aliás nunca houve, não há por que eu ir ali. Afasto a porta com cuidado. Já caiu a noite e o quarto está escuro. As luzes da cidade entram pela janela e dão cor às suas sombras. Não deveria estar fechada a janela, também? A cama ocupa o lado oposto. Um armário de ipê-roxo maciço, rendilhado, dispõe-se entre a cama e a janela. Entro devagar. O quarto cheira a naftalina. Uma sombra corre o armário. Barata? A cidade está infestada delas. Há um corpo deitado na cama. Levo instintivamente a mão ao coldre. Contenho-me. Não estou armado. Há risco? Não. Dorme? Está imóvel. Respira?

Busco na memória uma hipótese que justifique aquela presença no meu quarto de hóspedes. Busco, e não a encontro. Busco no espaço do quarto, e só então noto sobre o criado-mudo, mal iluminado pelas luzes da noite, um pedaço de papel. A letra miúda, manuscrita, se esvai na escuridão. No corredor, sobre a folha timbrada de uma clínica médica, leio: *O paciente passa bem agora. Sua recuperação não exige mais cuidados além de repouso. Um enfermeiro virá às tardes para administrar a medicação e trocar-lhe os curativos. Nos próximos dias, o paciente dormirá a maior parte do tempo. Efeito da anestesia e medicação. Em caso de emergência, contacte-nos imediatamente. Dr. Rangel H. M. Dias.*

Volto ao quarto com uma vela. O corpo deitado na cama tem a cabeça e o rosto em bandagem. Também partes do braço, tronco, e das pernas. Aproximo-lhe a luz. É um homem.

Creio que é um homem. Seus olhos estão inchados e arroxeados nos contornos. Seu nariz, avermelhado, também mostra sinais de inchaço. O cheiro que sinto agora, uma mescla de Merthiolate, Mercúrio-Cromo e iodo, vem decerto dali. Sua boca está lívida e seca. Rasparam-lhe o cabelo? Não é possível saber. O entorno claro da orelha esquerda, no que deixa ver, parece raspado.

Na cozinha, ligo para a clínica. Ninguém atende. Já passa das sete.

2

Dormi, quando muito, um sono agitado, intranquilo. Por isso, perdi a hora. Para não chegar atrasado ao quartel, tenho que correr. Hoje é dia de jogo, e o regimento da cavalaria deve estar a postos, nas cercanias do estádio, antes do almoço. Passo no quarto de hóspedes e torço para que ele esteja dormindo. Está.

3

Dez da manhã. Ligo para a clínica. "Dr. Régis, por favor." "Como? "Dr. Régis..." "Hum... você quer dizer dr. Rangel?" "Sim, sim. Isso mesmo. Dr. Rangel. Me desculpe... Ele está?" "Quem gostaria?" "Bem... ele não me conhece, mas deixou um bilhete no meu apartamento..." "É uma emergência?" "Não. Tecnicamente, não... mas..." "Então, aguarde um segundo, por favor." ... "Alô?" "Pois não." "Desculpe a demora, mas o dr. Rangel não está. Você quer deixar o número do seu telefone?" "Sim. E diga-lhe também que moro no edifício da Rua da Paz, perto do Canal 3, onde ele esteve ontem."

4

Três e meia. Há um recado no meu celular. "*Boa tarde. Meu nome é Rosely, e sou assistente do dr. Rangel. Ele pede desculpas por não poder retornar sua ligação pessoalmente. Neste momento, ele está a caminho da Santa Casa para uma cirurgia de emergência. Sobre seu pai, as informações que ele me pediu para te passar são as seguintes: o sr. Cristóvão foi atacado por um animal selvagem na região de Ubatuba, passou por diversas cirurgias, inclusive uma de reconstituição facial, mas agora está livre de perigo. As circunstâncias do ataque não são de todo conhecidas, e a polícia está investigando. Quando saiu da* UTI, *o sr. Cristóvão recuperou aos poucos a memória, afetada pelo ataque, e ao receber alta, nos deu seu endereço, e pediu que fosse levado para lá. O plano de saúde dele inclui os serviços de um enfermeiro particular. Por isso, o senhor não precisa se preocupar quanto à parte médica. A próxima consulta na clínica, com o dr. Rangel, está marcada para daqui a três semanas. Alguns dias antes, o senhor receberá uma mensagem no celular. Obrigada, e tenha um bom dia.*"

5

O enfermeiro esteve aqui hoje à tarde. Há novos curativos nos braços, nas mãos e nos joelhos. Meu pai continua dormindo. Observo-o e busco na memória imagens da minha infância. Tão distante... tão mortiça... tão...

6

O pessoal do 26º. Batalhão de Ubatuba, que contatei esta manhã, ficou de me enviar um relatório do acidente, assim que chegarem mais notícias. A princípio, me adiantaram não ser um caso simples: faltam testemunhas, a vítima está incapacitada de prestar depoimento, e o agressor ainda não foi capturado – nem mesmo se sabe quem é, embora haja pistas de quem seja.

7

Nos últimos dias, tenho esperado que acorde. Antes, precisamos ajustar nossos horários. Ele acorda, ou deve acordar, quando estou no trabalho. E tenho tido tanto trabalho! O Brasil se tornou, quase que do dia para a noite, um gigantesco palco de protestos. A população parece ter represado contra seus representantes e administradores públicos uma indignação que se comprimiu até a recente erupção. Agora, as lavas desse vulcão se espalham pelo país, e somos nós que devemos resfriá-la e contê-la.

8

Ontem, Amanda dormiu aqui. Levei-a para ver meu hóspede. Ficou um pouco impressionada, me disse. Amanda é uma mulher linda, sensível e cativante. Conheci-a no bar Mulheres de Preto, no Canal 2, onde trabalha como garçonete. Meu cansaço, porém, me impediu de fazer o que ela esperava que eu fizesse, e que já havíamos feito antes, em outras ocasiões. Dormi. Pela manhã, quando acordamos, tentei disfarçar meu apagão com um chiste. Disse: “Não dormi nada esta noite.” “Como assim? Acordou de madrugada?” perguntou, atenciosa. “Não. Não dormi porque... morri. E acabo de ressuscitar. Jesus Cristo ganhou fama por ter ressuscitado uma única vez. Eu tenho ressuscitado todas as manhãs nos últimos dias, mas ninguém reconhece meu feito. Quanta injustiça neste *mondo cane*!" De fato, a densidade do meu sono tem sido tão espessa, ou tão mortal, que meus sonhos têm se resumido a um muro negro, que contemplo imóvel e impassível. Nada emocionante.

9

Minha mãe vem nos visitar. Papai, como de costume, dorme. Mamãe permanece longos minutos olhando-o fixamente. É como se ela duvidasse da identidade daquele homem. Depois se abaixa e sussurra em seu ouvido, tão baixo que mal posso ouvir: "Fefocho... fefocho... fefocho..." "Fefocho?" "Era como eu o chamava na intimidade, quando estávamos casados." Papai não acorda, mas reage ao chamado. Após alguns minutos, seu corpo começa a suar. "Fefocho, você está aí?" Uma das narinas, a esquerda, expele uma mucosidade lenta e gelatinosa, de cor âmbar. Ao limpá-la, percebo que apenas o lado esquerdo do seu corpo transpira. "Preciso relatar isso ao enfermeiro." "Compre um crucifixo e o coloque na parede sobre a cabeceira ou ao lado da cama para velar o doente." "Mãe, papai não acredita." "Não importa. Ouvi dizer que isso funciona para quem acredita e para quem não acredita. Compre um crucifixo!"

10

Não sei por que, talvez por sua carga simbólica, ao comprar o crucifixo, lembrei-me das longas partidas de xadrez que jogávamos quando eu era adolescente. Antes de pendurá-lo, retiro do armário um velho tabuleiro de marfim, e réplicas, também de marfim, das peças de Lewis, que papai trouxe de uma viagem a Londres. Divertíamo-nos emprestando vozes àquelas figuras sugestivamente escandinavas. "O vazio é um espelho voltado contra minha cara", o rei. "Oh! Então, o estado de sujeição constitui a própria natureza da realidade?", a rainha, espantada, para o bispo. "O estado de sujeição, minha soberana, é o imo e a ourela do real", explica o bispo. E conclui: "Não obstante, posto que toda a criação de Deus é perfeita, a recompensa última da sujeição do outro, *in ludo veritas*, é o nada. Olhai a cara de paspalhão do rei, se V. Alteza me permite o vulgo linguajar". "Oh!", responde a rainha. "Dancemos por entre os obeliscos moventes", interrompe o cavaleiro em seu cavalo. "Dancemos, que é a guerra!"

"O xadrez é um jogo musical", dizia meu pai, durante as partidas. "Uma coreografia de movimentos que desenha um mosaico em que o cálculo, a expectativa e a surpresa se entrelaçam. Uma coreografia regida pelo silêncio, que é a música da mente. Todo movimento, nessa dança lenta e rigorosa, é o desvelar gradual da verdade, que a cada lance, antes do derradeiro, se mostra e se oculta. Nela, se há sombras e descaminhos, não há hipocrisia. No xadrez, a verdade, para além das estratégias, sempre se revela ao final."

Monto o tabuleiro ao lado da cama, com as peças brancas de costas para ele. Meu pai prefere o exército branco. Sempre preferiu. Movo o obelisco do rei negro duas casas. Penduro o crucifixo na parede, sobre a cabeceira de sua cama.

II

Meu olhar se estende longamente sobre meu pai. Permaneço em pé, ao seu lado, por tempo que não saberia determinar. A leveza de sua respiração, por vezes imperceptível, me leva a duvidar que a energia da vida pulse ali. É como se eu guardasse um cadáver dentro de casa, um cadáver de estimação. O único fato que desmente essa hipótese, e a desmente de modo incisivo, é que o "cadáver" – para meu desconforto e constrangimento – tem ereções.

12

"Além de musical, o xadrez é um jogo político", dizia meu pai. "Na política, com frequência a expectativa excede a realidade. E muitas vezes, de modo irreversível. O xadrez nos ensina que o limite inegociável do real, e também sua condição, é o outro, que deve ser batido, mas cuja derrota abate também o vencedor."

13

Ao entrar no quarto, vejo que o obelisco do rei branco avançou duas casas. Começa o jogo! Posiciono o cavalo do rei negro diante do obelisco do bispo. Preparo-me para o avanço calculado e para a defesa destemida do meu exército!

14

Os lances se sucedem com a avidez da vitória. Às noites, chego do quartel apreensivo para ver a jogada, quase sempre imprevista, ardilosa, do meu oponente. Reconheço estratégias que ele costumava empregar, como proteger preventivamente o rei com o roque, ainda no início da partida. "E como é que você sabe que não é o enfermeiro quem está jogando por seu pai?", pergunta-me Amanda.

15

Nos dias em que o enfermeiro não vem, volto mais cedo do quartel, e cumpro suas instruções deixadas por escrito. Não há necessidade de administrar medicação ou trocar curativos. Apenas limpeza e alguns exercícios de fisioterapia. Também não é preciso alimentá-lo. Nesses dias, que são um ou dois na semana, o enfermeiro deixa meu pai no soro, cujas bolsas apenas troco. Nos meus dias de folga, ouço palavras soltas vindas do quarto de hóspedes. Corro na esperança de vê-lo desperto. Meu pai sempre falou dormindo.

16

Meu pai nunca me deixou ganhar para se fazer de bonzinho ou alimentar de ilusões meu orgulho infantil. E não me refiro apenas ao xadrez. Também ao futebol, à natação, à corrida, às simulações de luta, a qualquer forma de competição, e sobretudo às opiniões, que com as suas costumava esmagar as minhas. Os métodos, nesse sentido, variavam. Para me derrotar, algo para ele trivial, mas cuja vitória saboreava com deleite, às vezes se valia da ironia sutil e cortante, às vezes – o mais das vezes, aliás – da energia caudalosa e escaldante, que a meus olhos, dava forma, substância e consistência à sua potente figura. Hoje, e digo isso com profundo espanto, o titã está decaído. Jaz escasso e mumificado no meu quarto de hóspedes. É um ser quase insubstancial por baixo da bandagem que lhe cobre o corpo e o rosto. Sua pedagogia paterna, porém, não se alterou: o exército branco encurrala o meu sem piedade, deixando-me poucas chances de vitória. Não me abalo. Persistirei.

17

No quartel, abro minha caixa de e-mail, e leio a seguinte mensagem:

Caro tenente Ferreira,

Em resposta à sua requisição nº. 5345, informo-lhe os dados que coletamos, até o presente momento, sobre o acidente que envolveu o sr. Cristóvão Ferreira. 1. Não foi possível ainda identificar o animal que o atacou. Sabe-se, por relatos de outras vítimas, que o mesmo é anfíbio, e ataca em terra e no mar. 2. Sua descrição é a de um ser fusiforme (como um peixe), de quinze palmos de comprido, que anda em posição ereta, gingando como um passista sobre a cauda de barbatana. Está semeado de cabelos pelo corpo, e tem no focinho filamentos grandes como bigodes. Possui garras nas patas e orelhas pontiagudas. Leva mamas no tórax, pelo quê supomos ser fêmea. 3. Parece ter vindo do Sul (da sua região, aliás) e já atacou sete pessoas: quatro em terra e três no mar. Levou duas a óbito. 4. Os ataques têm causado certo alarmismo na região, mas estamos trabalhando para que isso não se alastre. 5. O sr. Cristóvão foi ferido em terra, numa área próxima à Praia do Tenório. Estava em companhia de uma índia, que fugiu, e não foi localizada. 6. Depois do sr. Cristóvão, mais duas pessoas foram vitimadas, ambas ao Sul, em progressão – São Sebastião, Bertioga – o que nos faz pensar que o animal, ou monstro, como querem alguns supersticiosos, esteja fazendo seu caminho de volta. A primeira vez que foi visto, há algumas semanas – não saberia agora precisar quantas –, vagava à noite pelo Japuí, em São Vicente, próximo à praia de Itaquitanduva.

Espero que estas informações lhe sejam de serventia. Coloco-me, desde já, à sua disposição para quaisquer outros esclarecimentos.

Respeitosamente,
sargento Magalhães

18

Ouço vozes no quarto de hóspedes. Ouço? Acabo de ressuscitar. E na morte, não há sonho, só um muro negro, sem som ou sentido. Devo, portanto, ter ouvido algo. Levanto-me zonzo e lanço-me cambaleante pelo corredor. Que horas são? Terá amanhecido? Na penumbra do quarto, meu pai dorme. Imóvel. Na mesma posição. Seu membro viril embaixo do lençol está inchado, enrijecido. Meus nervos se contraem. Deixo o quarto. Terá falado enquanto sonhava? Não. Ainda ouço vozes que flutuam no apartamento. Vozes sussurrantes. Entro na cozinha ainda sonolento, e vejo alguém de costas, diante da pia. Ao voltar-se, enxugando as mãos, muito finas, dá comigo e sorri: "Bom dia. Sou Darcy, a enfermeira do Cristóvão", estendendo-me a mão ainda úmida. É uma mulher alta, de nariz suavemente adunco e olhos agateados. Seus cabelos negros sobre os ombros largos contrastam com o branco de sua pele e de seu uniforme, cujo contorno insinua um corpo esguio e bem cuidado. "Você não deveria vir à tarde?", pergunto pestanejando pela claridade. "Sim. Desculpe. É que hoje estou com meus filhos..." Na mesa, atrás de mim, sem que eu ainda os tivesse visto, dois meninos, de uns oito ou nove anos, idênticos, vestem roupas idênticas. "Este é o Francisco, e este, o Florêncio." Como se fosse possível distingui-los, penso. "Mas pode chamá-los de Chico e Floro. Eu queria chamá-los de Chico e Flor. Mas o Floro achou que Flor era feminino. Coisas de menino machinho!" E voltando-se para um deles, olhando-o nos olhos: "Lembre-se do que o Cristóvão disse: categorias fixas de gênero não existem mais, são antiquadas, cafonas, retrógradas. O que existe hoje, e sempre existiu, é a fluidez da sexualidade". E piscando para mim: "Ainda tenho esperança que ele aceite o Flor, ao invés de Floro". "Meu pai já os conhece?" "Não. Só de ouvir falar. Vão se conhecer hoje, quando o Cristóvão acordar", diz mexendo no cabelo, de fios grossos, com alguma afetação. Fixo-me outra vez nas suas mãos, tão finas, quase transparentes, com tubos de veias à mostra. "Você se incomoda que eu prepare o café da manhã para o Chico e o Floro? Eu posso preparar para você também." "Não, não me incomodo. E não se preocupe comigo. Tenho que estar no quartel daqui a pouco. Como lá", digo olhando o relógio. Com desenvoltura, quase com ritmo nos movimentos, a enfermeira alcança xícaras, pires, talheres, leite, manteiga, achocolatado, pão, guardanapo, enquanto a observo com aflição curiosa. Saio para me vestir, e ouço: "Não sei se o Cristóvão já falou de nós pra você", ainda movimentando-se pela cozinha. Volto. "Nós?" "Sim, eu e ele." "Não, não me disse nada." "Ai... desculpe, então, se me adianto..." E termina de servir os gêmeos, que até para comer parecem sincronizados. "É que o Cristóvão e eu... vamos nos casar."

19

O jogo está quase perdido para mim. A rainha e o bispo do exército rival tomaram-me um obelisco e estão prestes a tomar minha torre. Seu domínio territorial é evidente, incontestável. Creio ter apenas uma chance: avançar meu obelisco até a fronteira do campo inimigo e assim recuperar minha rainha, capturada no lance anterior.

20

Ressuscito e ouço vozes. Vou até a cozinha. Está vazia. Sigo até o quarto de hóspedes. Terá meu pai acordado, enfim? Em frente ao armário de ipê-roxo, um homem vestido de branco conversa e segura as mãos de uma mulher. "Darcy? Papai?" Meu pai está na cama, imóvel, dormindo, em bandagem. A mulher solta as mãos e se volta para mim. "Amanda!?" "Este é o dr. Rangel", diz encabulada. "Ele veio visitar seu pai." "Vocês já se conheciam?" "Não. Acabamos de nos conhecer", diz o médico. "Encantadora sua amiga", olhando para ela. E começa um relatório sobre o paciente que mal posso compreender. Meu estômago e cabeça doem. Sinto vertigens. Sigo para o quarto e visto-me apressado. Ontem, o mostrengo de Ubatuba atacou uma mulher no Guarujá. Hoje, há jogo e protesto. No mesmo horário. Em diferentes partes da cidade. Não sei para qual evento serei designado. Não importa. Na saída para o quartel, deparo-me com uma cena que me parece irreal: Darcy e os gêmeos, que abraçados se acariciam, disputam uma partida de gamão na mesa da sala. Ao ver-me, a enfermeira levanta-se e diz algo como "estava esperando o doutor...", mas não ouço, "seu pai...", não quero ouvir. E saio. Curvado. Abatido. Os olhos nublados de vergonha e fúria.

❧ Coração Paterno ❧

Entro como um raio em sua casa e tomo-o de surpresa enquanto trabalha. Vejo nos seus olhos paralisados o susto jubiloso de pressentir nos meus que é chegada sua hora. Mato-o à fina e fria faca, com filetes de fulgor e sangue. O som da lâmina polida a cortar-lhe as carnes deleita-me com sua música de cortiça. Sinto seu último suspiro, em surdina, no meu rosto cansado e arquejante. Estamos ambos cansados, e de frente um para o outro. Prossigo. Com a ponta do canivete que ele um dia me deu, e que antes lhe pertencera, arranco-lhe, um a um, seus olhos, cujo brilho resiste na penumbra abafadiça do quarto. Olhos lancinantes. Olhos de despudor. Olhos. Com uma tesoura, corto-lhes os nervos emaranhados, que os prendem ao corpo tombado, descomunal. No fundo, como um cenário a latejar, alça-se um altar maciço, de cedro negro, iluminado a velas, onde às noites ele meditava. Minha idolatrada, cujo porte e ser venero, será guardiã do olho direito, como lhe prometi. Guardarei comigo o esquerdo, relíquia do meu fracasso. Devolvi-lhe o que ele havia me dado. Não como vingança, mas como dever de retribuição. Sobrevivi à minha morte, devo agora sobreviver à dele...

...mas às noites adoeço, e o mesmo delírio me vem, no intervalo entre o sono e a vigília. O pranto na praia. Três luas cegas cortam o céu em círculos, onde perseguem um cometa brincalhão, e puro como um lírio – perseguem? ou são perseguidas? Seu corpo estendido à distância da minha mão. A curva de seu pescoço apoiada na pedra lisa de orvalho. Meus joelhos enterrados na areia, meus pés macerados no silêncio. Pesados, doídos. Meus olhos ardem no sal das lágrimas e no da maresia, que os fustiga. Na monção de maio, escuto sua voz a me pedir que lhe sopre o coração. Que o sopre diante do mar, que brilha em pontas de alumínio; diante das ondas, que galopam lentas, sem retroceder nem hesitar, como a vanguarda de um exército louco, como os passos de um passado rampante. Que sopre, que sopre, que sopre. Que ouça a música de meu sopro anímico, filial, amoroso. Que sopre e que chore. Ele me pede que chore. E eu redobro o choro até quase a cegueira, o choro dos criminosos que se creem sem culpa. A pele do areal sorve a água salobra de mar e lágrima, que desce em gotas fundas a caminho do útero da terra.

Com um pedaço de caracol marinho, abro-lhe o peito e retiro, viscoso, o coração, que se assemelha a um caracol. E se eu o soprasse, que música soaria?, pergunto calado. Pergunto-me, e não há resposta. O vento volteia na praia e gira vertiginoso nas embocaduras úmidas do coração. Gira e viaja por seus túneis fundos, resvaladiços, severos, onde, oculto numa curva cálida, alguém dança e me espera. Meus olhos pulsam como corações ofegantes. Minhas mãos pesam como sombras de árvores suicidas. Minha língua se contorce na aspereza da saliva doce. Ouço o baque de uma árvore que cai, uma árvore gigante, que tunda o solo com fúria, como se o castigasse. O som da batida reverbera, se expande, voa, ondula no espaço, e me invade em espiral com a força de um redemoinho recém-nascido de súbito. Sou o coração dele, que o vento de maio sopra!...

No mar, um barco voga à deriva, e se equilibra entre cargas, defuntos e fantasmas, que festejam. Ao longe, uma ilha foge, perseguida pela ordália do vento sul – perseguida? ou perseguindo? No ar volante, o leve roçar de nuvens no cio dá à luz um trovão: um estampido seco, que se desprende frouxo e sem vontade do ventre azul de um relâmpago de cinzas.

❧ O Ascensorista ❧

I

A cidade ondula sob o sol da tarde. Quase nenhum movimento nas ruas. Poucos carros passam – os pneus rodando o asfalto soam como se dele se despegassem – deixando atrás de si um silêncio maduro e mortal. Os pássaros migraram, as cigarras secaram, os ventos cessaram, e os homens se abrigam como podem da inclemência do clima. O ascensorista Jonas Palomo quase não se mexe, encolhido em seu impecável uniforme branco, sob o qual gotejam todos os poros do seu corpo. É um fantasma no inferno. O sistema de refrigeração do edifício onde trabalha, na Esplanada, parou de funcionar, e para trocá-lo, a burocracia governamental levará mais tempo do que até então levaria. É que o governo está sendo acusado de corrupção, e para evitar novos escândalos, todo gasto está sendo interna e minuciosamente auditado. O serviço de manutenção do prédio já havia alertado para a iminente falência do sistema. Tudo precisaria ser trocado. Agora que o sistema faliu, e não é possível recuperá-lo, três empresas privadas precisam ratificar o diagnóstico da manutenção, a que, uma vez ratificado, se seguirá a publicação do edital de concorrência no *Diário Oficial da União*. Empresas interessadas terão o prazo de dez dias úteis para depositar em juízo, lacrado, o orçamento referente ao material e à instalação do novo sistema. Junto, deverão anexar uma declaração em que autorizam a Justiça a quebrar sigilos telefônicos e bancários de seus proprietários e familiares, em caso de denúncia e evidência de irregularidades. Por enquanto, o que se há de fazer é suportar o ímpeto guerrilheiro do calor. "O Brasil está como um vulcão", observou há três dias a sogra de um deputado governista à mulher de um senador da oposição, quando ambas se dirigiam ao quinto andar, onde funciona a CIATE – Comissão Interpartidária para Assuntos de Turismo Ecológico –, presidida pela primeira. "Esse clima é um descalabro", respondeu a outra. Desde então, seguramente por conta do calor, o edifício não tem recebido visitas. Há três dias que Jonas Palomo trabalha sem exercer sua função, que é a de mover o elevador de visitantes e comissionados. Para passar o tempo, e enfrentar o mormaço asfixiante, dormita. Às vezes, cai no sono mesmo.

2

Jonas Palomo ouve passos. É fim de expediente. Suas pestanas encharcadas se abrem com dificuldade. No saguão do edifício, um homem caminha. É um jornalista conhecido, feroz, influente, temido pelo governo. Vem falar com o ministro da agricultura, cujo escritório fica no último andar.

"Cobertura!"

Jonas Palomo se apruma. Quase se desacostumou ao trabalho. Move-se lento, porque tudo é lento nesse mundo que se consome em chamas invisíveis. "Cobertura, rapaz!... Tirando um cochilo?" Jonas Palomo murmura algo inaudível antes de fechar a porta. O elevador dá um tranco e se desloca a gemer na escuridão. O sistema de monitoramento por câmeras mostra na tela, sobre o painel do ascensorista, imagens internas do edifício. A garagem subterrânea mal-iluminada. Poucos carros, dispersos. A sala de espera com sofá e mesa de canto. Sobre a mesa, a escultura de um peixe-boi com mamas, que parece uma sereia. O corredor vazio. Um homem calvo deixa o escritório e se encaminha a outro. Parece apressado. No pátio interno, sob um pé de mamona, dois homens jogam a sorte. Um deles para, e num gesto quase medido, olha fixo para a câmera. O jornalista enfia o dedo indicador entre colarinho e pescoço, e balança a cabeça como se dissesse *não*. "Está funcionando o ar-condicionado?", diz pestanejando. Jonas Palomo murmura qualquer coisa inaudível outra vez. Sem dúvida, quer falar algo. Mas sua voz roufenha apenas se confunde com o ranger do maquinário que move o elevador. "Claro que não. Você está todo suado", diz o jornalista. "...esta semana..." "O quê?" Jonas Palomo respira. Sorve com paciência a pouca saliva que lhe resta. Seu pomo frágil desliza frouxo no pescoço magro. Uma gota pende da ponta do nariz. "Eu estava dizendo, senhor, que... veja só como são as coisas... perdi meu pai esta semana." "Hum... E morreu de quê?" "Quem sabe?... Uns dias atrás foi ao hospital com gastura nessa região aqui, do estômago... O médico mandou tirar uma chapa, e disse que tinha que operar..." "É, eu sei. Os médicos, hoje, operam por qualquer motivo. E se o paciente for um pobre-diabo, então, aí é que..." O elevador dá um solavanco. O monitor pisca e mostra o corredor vazio. Do escritório de onde saíra o homem calvo, saem agora agentes da Polícia Federal carregando pastas e gabinetes de computadores. "Esse elevador não é nada confiável, hein! E faz uma barulheira danada. Alguém precisa lubrificar as roldanas e os cabos. Isso aqui parece locomotiva de filme de faroeste... E pela temperatura, viajamos na caldeira, hein!..."

Jonas Palomo meneia a cabeça. A gota em seu nariz se desprende. Com um lenço branco, enxuga o rosto molhado e abatido. Quer voltar a falar do pai, de como o pai pressentiu a morte, o que o pai disse na hora de morrer, a roupa que o pai vestia no funeral, o semblante sereno do pai no caixão. Jonas Palomo vira-se, decidido a falar tudo isso, mas o jornalista está de olhos fechados. "É o calor", pensa resignado. "Esse é clima é um des..." Esforça-se para se lembrar da palavra que ouvira há três dias no elevador. "Descaldo... descalvo..." E entre uma tentativa e outra, como uma lança a cruzar-lhe a memória, vê e ouve com clareza o caixão sendo lacrado.

"Por obséquio", diz Jonas Palomo, que gostava de começar frases com *por obséquio*, "o senhor podia fazer o favor de dizer ao ministro que é preciso tomar alguma providência, que ainda há tempo de arrumar tudo isso, que basta boa vontade?", sem titubear, num jato. "Como?" "É que... meu pai... ele me pediu, no leito de morte... que eu falasse ao ministro... alertasse... sobre o vício, sobre a malícia, sobre o mal... Eu tentei. Tenho tentado. Tenho insistido até. Mas o ministro... ele anda sempre tão ocupado..." "Olha, rapaz, o que eu tenho para falar com o ministro é coisa séria, não é brincadeira. E eu não sou garoto de recados, hein! Essa é boa... Além disso...", enxugando a testa com o braço, "não se preocupe tanto com o que seu pai te disse. No leito de morte, as pessoas... sabe?... deliram... Veem a vida pelo retrovisor. Nós, os vivos, devemos encará-la de frente... Se fizermos isso, veremos o óbvio: que isso aqui não muda, que isso aqui nunca vai dar em nada..." Jonas Palomo ia dizer que ouvira em algum lugar, talvez ali mesmo, no elevador, o exato oposto. Que na hora da morte é que a visão dá um salto, se aguça, vê mais, vê além, vê o todo. Que a voz que fala desde a soleira da morte é reveladora. Mas o elevador para, e o jornalista dá um passo. Não é seu andar ainda. Recua. A secretária do chefe de gabinete do ministro hesita um instante, olha para o ascensorista, e entra.

"Cobertura."

É uma mulher sanguínea e torneada. Tem entre 28 e 31 anos, tempo em que a juventude, sem perder o viço, mescla-se à maturidade recém-aportada. Seus cabelos ruivos e longos, encaracolados nas pontas, se espraiam sobre os ombros, como ondas escarlates. Acompanha-os um perfume de pele fresca e lavada, que ameniza, ou parece amenizar, o calor sufocante do elevador. Seu *tailleur* azul-marinho, com detalhes em branco, destaca a cintura roliça e pequena, e os seios redondos e firmes. O jornalista a encara de frente, sem embaraço. Há no colo sardento da secretária, desde a base de seu pescoço fino até o decote de sua blusa creme, gotículas de suor, que parecem gotas de mel, e que começam a surgir também sobre seus lábios, delicada e deliciosamente desenhados em tom laranja. Sua fisionomia não lhe parece estranha, ao jornalista que quase a reconhece, e a encara agora com volúpia. Pululam na rede vídeos íntimos de funcionárias do serviço público. "A gente vê mulheres discretas e elegantes no ambiente de trabalho, e às vezes nem se dá conta do que são capazes, entre quatro paredes, diante da câmera de um celular", disse-lhe um colega, outro dia, ao finalizar uma matéria sobre o tema. "Viram lobas no cio", sentenciou. "Depois, para se safarem, se fazem de vítimas, alegam que tiveram sua privacidade invadida, processam seus namorados, amantes... Tudo para não serem exoneradas." O elevador dá outro solavanco, e o monitor pisca outra vez. O homem debaixo da mamoneira continua a olhar fixo para a câmera. Com desconfiança, com curiosidade, com insistência. O outro tenta trazê-lo de volta ao jogo, puxando-lhe a camisa. Quase rasgando-a. O jornalista enxuga outra vez a testa com o braço, e decide puxar assunto com a secretária. Mas antes que dissesse palavra, a porta do elevador se abre. "Cobertura", avisa o ascensorista.

Na mesa em frente, sem paletó nem gravata, o ministro conversa com sua secretária. Ao reconhecer o jornalista, abre-lhe os braços e um sorriso. Cumprimenta cordial e sorridente a secretária de seu chefe de gabinete, que o saúda, e passa sem olhar a outra, que a ignora. Antes de fechar a porta, Jonas Palomo estica o pescoço e tenta, num gesto, um aceno tímido ao ministro, que não o vê ou finge que não o vê. A porta se fecha, e pelas entranhas do monstro de cimento e ferro, que se aferventa ao calor desse dia, Jonas Palomo desce ao térreo. Lá, volta a dormitar e a esperar que a fortuna lhe traga alguém que o ouça e às suas angústias. Jonas Palomo precisa dar vazão a um mundo reprimido que nem ele mesmo sabe ao certo o que é. A única coisa que sabe é que alguém precisa falar ao ministro, dizer-lhe que é tempo de mudanças. Enquanto não houver um mensageiro, não abandonará seu posto, e ali permanecerá por todo o verão, ou se for necessário, por todo o sempre.

À Espera na Estação

Agarro-me a qualquer imagem. Às pessoas que passam com pressa, às que seguem com passos medidos, às que vão em ritmo lento, às que lidam na estação, às que esperam, como eu. Há um grupo que toca, dança, canta. Sempre há. Esses mambembes despertam meu zelo e minha atenção. Tento adivinhar suas premissas e esperanças, assim como o destino dos que transitam aqui. Perdi o trem que me levaria ao meu destino, agora o dos outros é que me interessa. Aquele ri e carrega um cântaro. Um velho oferece cautelas de loteria com voz roufenha. A mãe mostra austeridade com o filho. O homem com uma cicatriz no rosto põe a mão no bolso. O guarda afaga a barba. Um jovem murmura algo no ouvido da namorada. Há um murmurinho vivo e ondulante no espaço. Que murmuram as pessoas? Murmuram profecias? Murmuram acusações? Murmuram desejos? Este, a dois passos de mim, fala sozinho. Há sempre os que falam sozinho e com isso engrossam a corrente dos murmúrios. O que me atrai no murmurinho dos homens é a promessa de verdade que o murmúrio carrega consigo. Não se inclina ao outro para murmurar falsidades. Pode-se murmurar maldades. Mas então, estas serão maldades sinceras, intrigas sinceras, queixas sinceras. O murmúrio, ainda que seu conteúdo seja enganoso, é sempre um ato de franqueza. Quisera poder escrever como se murmura: murmurar no ouvido do leitor. Como o moribundo que, às portas da morte, murmura sua confissão de fé: "Aplaudam, senhores, aplaudam! A comédia acabou. Não há mais tempo de fazer inimigos". Aquele jovem, sentado embaixo da placa da estação, acaba de murmurar algo no ouvido da namorada, que sorri. Seu sorriso ofusca o cansaço estampado em seu corpo. Estamos cansados. Murmuramos e estamos todos cansados. Só o político na foto – as eleições estão próximas – não parece cansado. Uma película de plástico sobre seu rosto, sob efeito das luzes da estação, ilumina seu sorriso claro. O político é magro e sua pele, amarelada. Alega-se que a má alimentação durante a campanha, que já dura mêses, teria amarelado e emagrecido sua pele. Nas fotos de infância do candidato, porém, excetuando-se as do bebê vermelhusco e gorducho, sua pele e magreza já apresentam um tom amarelado, que se acentuou com o tempo. Nas fotos de campanha, por outro lado, enfatizam-se imagens em que o político aparece banqueteando-se ao lado de correligionários e simpatizantes, em almoços ou jantares beneficentes. Mas o político parece comer e não se alimentar. Depois de eleito – se eleito –, o abandonará sua amarelidão? Será triste se assim for. Toda história de abandono é necessariamente triste. Se alguém está doente e a doença o abandona, se alguém está só e a solidão o abandona, se alguém está triste e a tristeza o abandona, serão tristes ainda essas histórias. À doença pode sobrevir a saúde ou a morte; à solidão, a amizade ou a loucura; à tristeza, o alívio ou o desespero. A sucessão do abandono, seja ela qual for, não lhe extrai sua carga de aflição.

Do outro lado da gare, um pastor prega a palavra sagrada. A *Bíblia* que empunha está tão puída e sebenta quanto meus jeans. Mas sua voz é firme, e vibra forte na estação: "ora, a esperança que se vê não é esperança; porque o que alguém vê como o esperará? Mas, se esperamos o que não vemos, com paciência o esperamos." Também Cristo, com paciência, esperou, e foi abandonado. Na hora da morte, questionou seu abandono, murmurante e perplexo: "por que me abandonaste?" Mas a pregação do pastor não toca nisso. Há sempre algo sobre o qual não queremos falar. Há sempre perguntas que não queremos fazer, e respostas que não queremos ouvir. O pedinte aproveita a prédica para se aproximar das pessoas. A estudante de saia plissada e bandana vermelha cochila em seu assento. Há sempre os que dormem na estação. O pedinte passa. Ela acorda, se endireita, olha para os lados, e tira um livro do fundo de sua mochila velha. Há sempre os que leem na estação. O trem está atrasado. Tem havido tantos atrasos ultimamente! A distância, o padre despreza o pastor, e tenta disfarçar seu desprezo, visível nos vincos de seu rosto. Sereno, um soldado anda como se marchasse ou marcha como se andasse. O executivo de gravata olha as ancas da mulher que passa, o trombadinha de boné olha a pasta de couro do executivo, a dona de casa de xale sobre os ombros olha o trombadinha. Todos tentam dissimular suas intenções. Um som corta o espaço, vem de fora. Um galo canta próximo. Seu canto alado enche o ar de um aroma de grama fresca e molhada. A manhã avança. Não é tão cedo para que cante. Por que canta, então? Talvez tenha perdido a hora, o tempo, como perdi o trem. Todos nós estamos sempre perdendo algo, e encarando a necessária contraface da perda, a conquista. Como aquelas três irmãs, sérias, educadas, que esperam com ansiedade a partida, desejando e temendo que a viagem lhes seja uma solução. Para elas, a viagem é um nunca partir, e um sempre desejar e temer. O fato é que um galo cantou, e o canto do galo, em sua plenitude de imemorialismo, atrasou o relógio da estação. O homem que fala consigo emudece. O soldado aperta o passo. As irmãs apertam-se as mãos. O trem aponta ao longe, saindo de uma curva larga. Vem furando o ar como um arpão de aço. É moderno, brilhante, potente, veloz. Sua música de ferro desafia o canto do galo, que ainda soa na estação. Não sei se perdi o trem, se devo embarcar, nem tampouco o meu destino. Sei que não estou só. E que esse abandono é tudo.

Os Dentes

I

Um livro sublinhado, com notas às margens, desses que se compram em sebos, vale às vezes por muitos. Por suas marcações, lemos o leitor, a quem um dia o livro pertenceu. E não raro essa leitura excede à do livro, com a qual pode se entrelaçar para formar uma terceira. E por marcações, não me refiro apenas às passagens sublinhadas ou ao conteúdo das notas marginais. Refiro-me também, e sobretudo, à caligrafia, à pressão da tinta sobre a página, à tensão mansa, ou birrenta, ou devota, das linhas desenhadas sobre a textura do papel. Tudo isso comunica-se comigo, e às vezes me fala mais do que a impessoalidade dos caracteres tipográficos, a cuja mensagem atribuo um caráter, uma moral, uma percepção, por força do hábito.

2

Minha mãe nunca me falou abertamente sobre meu pai. Dele, ela guardava apenas uma recordação: sua dentadura.

Eu tinha quatro anos quando ele morreu, em 2029. Dele, guardo apenas uma imagem: seu perfil reclinado numa cadeira de balanço, ao lado de uma janela, cuja luminosidade vinda de fora o delineia numa sombra movente. Uma imagem fluida a pastel esfumado. Àquela altura, ele já estava condenado pela doença. "Coração de boi", minha mãe dizia. "O coração vai inchando, inchando, inchando..." Devia ser um homem bom, pensava. Minha mãe não confirmava nem desmentia minha suposição. Ainda menino, ouvi, por acaso, alguém dizer que meu pai havia sido um homem "estranho", ou "excêntrico", não me recordo o termo exato. Mais tarde, descobri que, além da dentadura, havia uma caixa com pertences dele guardada na casa de tia Berenice.

3

Até onde sei, tia Berenice foi uma adolescente rebelde, que deixou a casa dos meus avós antes de terminar os estudos para tentar carreira de atriz no Rio, onde morou por cinco anos. Depois, viveu mais dois anos em Miami, não se sabe exatamente como. Tudo isso trouxe-lhe um estigma dentro da nossa família, por geral conservadora, que assim a evitava. Havia rumores também de que teria tido um caso com meu pai, quando voltou para Santos, vinda de Miami. A mim, tia Berenice tratava-me sempre com especial deferência, razão por que eu costumava visitá-la, quando podia, mesmo contra a vontade expressa da minha mãe. Eu era menino, queria afirmar minha personalidade, fazer minhas próprias escolhas, e tia Berenice, involuntariamente, mas com visível satisfação, me servia para esse fim. E quando soube do meu interesse, franqueou-me a caixa misteriosa.

4

Era uma caixa azul, de um azul desbotado, quadrada, de papelão grosso, atada com um cordame amarelo, áspero e desgastado. Media cerca de um palmo de altura e dois de comprimento. Seu conteúdo frustrou-me, de início, as expectativas. Não havia fotos, cartas, diário. Nada, a princípio, revelador. Havia apenas objetos de viagem – mapas, bússola, cantil, óculos escuros, uma luneta portátil de prata – e um livro. Um livro de capa dura, empoeirado, de páginas um pouco amareladas. Antes de abri-lo, ao tomá-lo, senti sua irregularidade feita de saliências internas. Havia algo nodoso colado às suas páginas. Observado pelo lado oposto à lombada, viam-se as ondulações produzidas por essas calosidades. Ao abri-lo, vi que havia passagens grifadas, e ao lado delas, anotações... como direi?... *sui generis*. Meu pai havia colado, à margem dos excertos sublinhados, dentes. Dentes reais. Dentes humanos. Trinta e dois fragmentos, ou uma dentição completa.

5

O livro havia sido publicado em 2028. Na introdução, seu "traduautor" refaz o longo percurso do texto, cuja trajetória remonta à Antiguidade. Sua primeira versão havia sido escrita em proto-hieróglifo egípcio, e está registrada num papiro do século XXVI a.C. Trata-se de um parágrafo, de autoria desconhecida, extraído – deduz-se – da parte final da narrativa. Três séculos depois, o texto foi vertido para a escrita cuneiforme suméria. Dessa versão, restam-nos três placas de argila. Há também dois fragmentos em língua acádia, do século XX a.C., um adaptado do texto egípcio, e outro, da versão suméria. Em nenhum dos casos, fala-se em tradução, pois tal conceito na Antiguidade diverge substancialmente do atual. As narrativas derivadas do original egípcio são recriações expandidas, adaptadas à cultura da língua de chegada, e ao tempo do recriador, também chamado "traduautor". Das duas versões sumérias, há cinco em língua eblaíta, das quais derivam as variantes recriadas nos idiomas elamita, hurrita, hitita, palaico, grego micênico, luvita, hatita e ugarítico. A versão latina veio do etrusco, que por sua vez deriva de um longo excerto fenício. Até o século XIV, havia apenas fragmentos estendidos da narrativa primária. A primeira versão integral que nos chegou foi escrita em italiano. O humanista toscano Giuseppe di Agarelli, seu autor, viajou a uma comunidade asturiana em 1321, e lá ouviu de seus moradores uma variante oral da história em mirandês. Dessa variante, compôs os versos de *Il Giardino*, do qual há cópias manuscritas – o original de di Agarelli infelizmente se perdeu –, que serviram de base para a edição veneziana de 1492.

A edição de 2028, em língua portuguesa, foi feita por um "traduautor" anônimo, identificado apenas pelas iniciais P.C., a partir da edição francesa em prosa de *L'Avenir Aveit un Mot à Son Chapeau*, publicada em 1763. Há outras versões em português – *O Conceito de Autorreparação em Spinoza*, 1815, versão do inglês de Vicente Carlos de Oliveira; *A Órbita do Acaso como Cárcere do Desejo*, 1870, versão do alemão de Agostinho de Ornelas; *Uma Barbearia no Baixo Meretrício*, 1920, versão do japonês de Wenceslau de Moraes – mas nenhuma foi consultada. Como todas, a edição de 2028 traz uma versão adaptada e atualizada de sua fonte, no caso, a francesa. Seu título é *A Paixão Segundo J.H.*

6

I. Incisivo central mandibular (1)

No instante em que nasceu, o herói tornou-se objeto vivo de devoção, e assim foi adorado por seus pais.

II. Incisivo central mandibular (2)

De longe, vieram parentes e amigos para vê-lo e oferecer-lhe presentes. Só uma tia distante se atrasou. Seu GPS havia perdido o sinal do satélite durante a viagem, devido a uma forte tempestade.

III. Incisivo central maxilar (1)

Um *e-mail* anônimo e inesperado trouxe uma nuvem de desconfiança, que pairou negra e densa sobre o casamento. O pai sugeriu à mulher que se submetesse a um exame de DNA. O resultado foi positivo para ele, e negativo para ela. Paloma – descobriu-se então – possuía duas cadeias de DNA, a sua própria e a de um irmão gêmeo cujo óvulo se fundira com o dela no terceiro dia de gestação. Ao saber disso, Paloma chorou. Tecnicamente, o herói é filho de dois homens e uma mulher.

IV. Incisivo central maxilar (2)

Nesse ponto, os comentaristas da vida do herói se dividem. Alguns acreditam que a tripla concepção constitui um traço que legitima sua heroicidade. Outros abordam o problema do incesto, pela presença dos gêmeos. Outros ainda consideram simplesmente indecente essa história, e contestam com veemência a natureza heroica do herói. Há também os que contestam essa história, mas não pelo lado moral, e sim biológico. Dizem que Paloma foi apenas hospedeira, e que o herói é, em rigor, filho de dois pais (XY/XY), e não três. Outros discordam, e afirmam que "existe uma influência do ambiente intrauterino sobre o desenvolvimento genético do embrião". Logo, Paloma é, sim, mãe. Ou até, uma das mães. Isso porque geneticistas garantem não ser possível definir o sexo do embrião do óvulo neutralizado. Paloma, assim, poderia ter dentro de si uma irmã gêmea, e não um irmão. Nesse caso, o herói teria duas mães e um pai. Tal hipótese trouxe à tona outro dilema hermenêutico, que ainda divide os exegetas: seria o herói mais heroico como produto de dois pais e uma mãe ou duas mães e um pai? Mais recentemente, com o surgimento das teorias LGBTQIAPPK...

V. *Incisivo lateral maxilar (1)*

Nas férias, os pais levaram o herói para visitar museus e monumentos das cidades históricas de Minas. Queriam valorizar a cultura diante do filho. Achavam isso importante. "Olha esta obra do Aleijadinho. Que deslumbre!", dizia a mãe. "Também esta, do Aleijadinho", replicava o pai. "Aleijadinho... Aleijadinho... Aleijadinho..." Quando não pôde mais se conter, o herói chamou os pais de lado, e disse-lhes baixo, mas em tom de clara reprimenda: "Parem! Não aguento mais! Vocês estão me fazendo passar vergonha! Não é aleijado, aleijadinho, é deficiente físico. Entenderam? De-fi-ci-en-te fí-si-co!"

VI. *Incisivo lateral maxilar (2)*

"Por certo, você se considera um cidadão virtuoso", disse o professor ao herói, que dormia durante a aula. "Pois, então, diga-me, e a seus colegas: quais são as quatro virtudes cardinais e as três teologais?" "Eu não sei", respondeu o herói, ainda sonolento, "mas eu reciclo."

VII. *Incisivo lateral mandibular (1)*

"E como ficou chato ser politicamente correto, agora serei romântico", escreveu o herói a seus pais numa nota que deixou sobre a mesa da cozinha, antes de sair de casa para não mais voltar.

VIII. *Incisivo lateral mandibular (2)*

"Cometeste adultério?", perguntou o herói. "Não, senhor. Nunca." "Por convicção ou por incompetência?" E o homem se desconcertou, e não soube responder.

IX. *Primeiro pré-molar maxilar (1)*

"Senhor", disse o homem dirigindo-se ao herói, que caminhava por uma estrada, "tenho sede de verdade; não a verdade dos sentidos, que é ilusória; não a verdade do mundo, que é precária; não a verdade das palavras, que é falaciosa; quero beber da verdade da verdade, além dos sentidos, além da matéria, além das palavras." "A verdade, esse copioso galardão", respondeu o herói, "está reservada nos céus aos que têm fé. Siga-me, que eu te mostrarei o caminho." "Seguirei, senhor. Mas antes preciso enterrar meu pai." "Os mortos o enterrarão. A morte o enterrará. Se queres mesmo conhecer a vereda que te levará à verdade, vem comigo." "Irei, senhor. Mas antes preciso enterrar meu pai." "Se queres a verdade tanto quanto dizes, terás de aprender que ela não condescende, terás de escolher entre o teu e o meu Pai." O homem hesitou um instante, e nesse momento, uma luz veio e inundou-lhe a vida inteira. O herói seguiu só. E o homem com a verdade retornou a seu lar, onde o pai esperava para ser enterrado.

X. Primeiro pré-molar maxilar (2)

"Meu pai não me compreende, não me conhece, não sabe quais são meus anseios, minhas frustrações, minhas dúvidas, não tem... enfim... sensibilidade para me ver como sou. Ele me vê como uma pessoa na qual não me reconheço. Eu tento lhe mostrar isso, mas sempre em vão, ele não me entende. Às vezes, num lampejo, parece entender, mas logo me trata como se eu fosse outro, o outro que ele quer e insiste que eu seja. Meu pai não apenas me fez... mas... talvez por direito de paternidade, também me inventou. Sou sua parte obscura, reprimida, reprovável, que ele projeta em mim para poder julgar-me, livrando-se assim de julgar-se a si mesmo." Aqui, o herói interrompeu o jovem, e disse: "O teu pai te fez e... não entendi essa parte: quem inventou quem?"

XI. Primeiro pré-molar mandibular (1)

Na prédica dominical, o herói repreendia seus seguidores, que tinham se mostrado muito queixosos ultimamente, advertindo-os: "Já basta de choramingas! O mundo e seus eventos são atos da vontade do Pai. E tudo o que Ele faz é perfeito. Todo e qualquer queixume contra a vida é uma ofensa dirigida ao Criador". Da audiência levantou-se um corcunda, enquanto o sermão era predicado. Com dificuldade, dirigiu-se por um caminho que cortava o grupo de fiéis até o herói. Lembrava, com seus passos medidos, uma noiva solitária. Sua acentuada assimetria expunha sua aparência disforme. Já diante do orador, disse-lhe firme, com sua voz roufenha: "Olhe para mim, senhor. Olhe bem". E deixou ver sua cabeça deformada sobre o pescoço curvo, seus olhos desalinhados, seus dentes – mostrou-os num sorriso sulcado e rugoso – falhos, amarelos, seus braços pendentes, menor um do que o outro, como suas pernas, seu tronco retorcido. "Olhe, senhor! Olhe sem desfeita aos detalhes. Sem pudor. Mantém ainda que devemos todos nos resignar, pois *tudo* o que Ele faz é *perfeito*?" Um silêncio de pedra desceu sobre a audiência. O herói sorriu constrangido, sem saber o que responder. Via-se já sucumbido ao desafio do corcunda. Mas antes que o silêncio enterrasse sua reputação, iluminou-se, e por fim replicou: "Pois claro, tementes devotos! Vede o que temos aqui, diante de nós, diante do Pai: um corcunda *perfeito*!"

XII. *Primeiro pré-molar mandibular (2)*

"Vinte e nove dias viajei para chegar aqui. Nunca antes havia saído de minha aldeia. Cruzei cidades, vilarejos, feiras, povoados, estradas, desertos. Falei às pessoas. Dormi ao relento. Comi o que me deram. E por todos os lugares, ainda que não fosse isso o que procurava, meus olhos apenas pousaram sobre dor e miséria. Dor e miséria da existência física, da pobreza, da enfermidade, da invalidez, da morte prematura, da vontade abortada, do amor amortecido. Dor e miséria da incompreensão, da ambição, da vaidade, da deslealdade, do oportunismo, da mesquinhez. Dor e miséria da ilusão! Quem ousa enfrentar a vida, é por ela, em vida, derrotado e desprezado; quem a despreza, e cuida que a venceu, não é mais do que um autoderrotado. Não há saída nesse labirinto de espelhos foscos. Não há voz capaz de ser ouvida. Não há esperança capaz de ser repercutida. Se o Pai é o infinito bem, o infinito poder, o infinito saber, nós, Sua criação, somos tudo o que Ele não é. Somos o que Ele não tem. E por isso, Ele conosco Se presenteou. Mas hoje, vou Lhe dar outro presente, vou Lhe entregar a memória da viagem que fiz para chegar até aqui. A dor e a miséria que meus olhos e meu ser testemunharam, e que estão talhadas em baixo revelo na placa de aço da minha memória. Pai, ofereço-Vos a minha nudez." E tirou do bolso interno do paletó puído um punhal de gume reluzente. O herói, que o ouvia, refletindo sobre a resposta, arregalou o olhar e gritou: "*amor fati, amor fati, amor fati*", correndo em sua direção... Foi num átimo. O sangue jorrou da jugular como de um tubo de alta pressão. Morno, gomoso, turbulento. E havia algo mesmo de imperfeito no corcunda, mais do que sua triste figura, pois o sangue jorrado tocou os olhos do herói, que cegaram instantânea e permanentemente. Sua visão só foi restaurada quando, depois de passar por vários especialistas, que o desenganaram, não vendo outra alternativa, o herói operou um automilagre.

XIII. Canino maxilar (1)

"Quem define o *Index Prohibitorum*? E investido de que autoridade?", com tom e olhar desafiadores. "A liberdade de pensamento e de expressão, investida da autoridade que todos nós e a história lhe conferimos", respondeu o herói. "Então, é intolerante a liberdade?", perguntou o outro.

XIV. Canino maxilar (2)

"E qual o problema da democracia, senhor?" O herói voltou-se, e respondeu: "A democracia é um sistema inclusivo, do qual todos participam, inclusive os idiotas". "E como resolver isso, senhor?" "Elegendo um idiota para nos governar."

XV. Canino mandibular (1)

Na prisão, quando o juiz lhe indagou o que é a verdade, o herói silenciou. Na hora da execução, como que despertando de um estado de letargia, gritou a plenos pulmões: "Eu sei... eu sei quem é ela, eu sei quem é ela". Foram suas últimas palavras. Não se sabe se o herói estava blefando ou se ele dizia a verdade.

XVI. Canino mandibular (2)

Na morte, sentiu-se confortado pela mãe, e abandonado pelo pai.

XVII. Segundo pré-molar maxilar (1)

"Filho! Voltaste!" "Por que o espanto, mãe, se tudo sempre volta ao lugar de origem?", disse o herói. "Mas você ainda sangra", e com um gesto... "Não me toques." "Por que não?" "Porque eu sou uma doceta." "É o quê?!"

XVIII. Segundo pré-molar maxilar (2)

Paloma casou-se em segundas núpcias com Verônica, irmã do pai do herói. Este havia morrido dois meses antes, picado por um escorpião, enquanto dormia a sesta no jardim de sua casa, como fazia de costume.

XIX. Segundo pré-molar mandibular (1)

Paloma: "O comportamento do herói tem me preocupado. Ele só se veste de negro. Você já reparou?" Verônica: "Sinal de luto, pelo pai..." Paloma: "Além disso, parece depressivo, vive a murmurar pelos cantos, sozinho, e quando fala às pessoas, não se deixa muitas vezes compreender. Temo que haja algo mais do que a nuvem do luto, pairando sobre sua cabeça, e impedindo que raios de sol a iluminem. Meu coração ora dia e noite para que essa nuvem se dissipe. Para o bem dele. E também nosso". Verônica: "Não sejamos inocentes. Nem nuvem, nem peneira". Paloma: "Como assim?" Verônica: "Nossa união deve ter também afetado seu comportamento. E talvez até seu juízo". Paloma: "Não quero nem pensar nisso. Não ao menos agora. Vem, vamos para a cama".

XX. *Segundo pré-molar mandibular (2)*

Ministro: "O presidente da República do Haiti pede seu apoio na ONU". Paloma: "A ONU não possui jurisdição e portanto não pode legislar sobre esse tema". Ministro: "A ONU está intermediando uma situação de conflito que pode – esperemos que não – desaguar em violência. Os haitianos tomaram Paris e exigem que o presidente da França aceite as condições oferecidas". Paloma: "De ser protetorado francês..." Ministro: "Não! A população rejeitou o *status* de protetorado e a ambiguidade desse termo. O Haiti quer voltar a ser colônia francesa. Colônia-colônia". Paloma: "Isso é ridículo!" Ministro: "A vontade popular entende que isso traria benefícios ao país a curto e a longo prazo". Paloma: "A vontade popular é ridícula! Imagine o Brasil (*com voz infantil*) pedindo para voltar a ser colônia de Portugal... Ouviu essa, Verônica?" Ministro: "Moçambique tem plebiscito marcado para o próximo mês. Haiti, Moçambique e outras ex-colônias fazem parte de um movimento já batizado de *retrocolonialismo*. Não se trata de mera renúncia da soberania nacional, mas de uma renúncia planejada. A ideia, que pode parecer inocente para alguns, é a de retroceder no presente para refazer a história e encaminhá-la de modo diverso, sobre outras bases, no futuro, considerando cuidadosamente experiências do passado. Não se sabe se isso dará certo, mas é ao menos uma tentativa". Paloma (*irônica*): "Acha então, senhor ministro, que deveríamos aderir a esse notável movimento, e seguir os passos de Haiti, Moçambique, Guam..." Ministro: "O caso de Guam é outro, presidente. Uma comissão guamesa está em Washington para propor ao presidente americano que Guam seja a 52ª estrela na bandeira dos Estados Unidos".

XXI. Primeiro molar maxilar (1)

Horácio: "E o que revelou, afinal, o fantasma de seu pai sobre o mundo dos mortos?" Herói: "Vermes, vermes, vermes. O mundo bravio e fervilhante dos vermes. Roliços, indolentes, franzinos, furiosos, sensuais, metódicos, arrojados, tímidos, inconformados, cautelosos, úmidos, indóceis, gélidos, amargos, sonhadores, luzidios, fétidos, cruéis, gentis, sagazes... Vermes! Que tudo ocupam. Que de tudo se assenhoram. Que tudo arrasam. Vermes! Vermes à mão-cheia, ao pescoço-minado, à cabeça-invadida, ao peito-esboroado, ao coração-derruído, ao corpo-inteiro-devastado. Mas sobretudo aos olhos: a iguaria de todas a mais disputada pelo apetite feroz e insaciável dos vermes".

XXII. Primeiro molar maxilar (2)

Fantasma do pai do herói: "Só um tipo de verme não há, nunca houve, nem haverá: o covarde. Na ética dos vermes, a noção de covardia não ocupa sequer o plano mais rebaixado no espectro das deformações morais. O covarde não é o mais vil dos vermes, porque o mais vil dos vermes refutaria essa condição, de todas a mais vexaminosa.

"O corpo do homem covarde é logo reconhecido pela textura da carne, e roído pela casta mais infecta dos vermes, que depois vomitam tudo o que devoraram. Menos os olhos. Porque o verme da casta mais infecta dos vermes não toca, nem sequer para lambê-los, os olhos do covarde, que assim levam longos anos para se desfazer, consumidos por inevitáveis processos naturais. Há casos – não raros, aliás – em que o crânio se desfaz por completo, e os olhos continuam lá, secos, encarquilhados, sombrios, a olhar para o nada.

"A vingança, filho, precisa ser consumada. Não hesite! A hesitação é irmã da covardia".

XXIII. *Primeiro molar mandibular (1)*

Ministro (*ao sair da sala da presidente, falando para si*): "Bem, se houvesse um acordo de que os holandeses voltariam a nos invadir, mas dessa vez expulsariam os portugueses e sua herança maldita, então eu concordaria com o processo de retrocolonialismo. Já imaginou o Brasil protestante e falando *dutch*! Que chique! Isso aqui deixaria de ser um acampamento e seria enfim uma nação. Mas com a bitola moral do Vaticano, e falando português, essa língua-túmulo, esquece! O gigante adormecido continuará deitado em berço esplêndido".

XXIV. *Primeiro molar mandibular (2)*

O fantasma do pai do herói: "Verônica precisa morrer. Ela é a assassina do teu pai! Foi ela quem inventou a farsa do escorpião para se safar do crime, que ela planejou em detalhes, e executou a sangue frio. No almoço, antes da sesta, ela misturou calmantes à minha bebida; depois, no jardim, enquanto eu dormia, aplicou-me uma injeção letal. Sem me dar chance de defesa. Sem que eu pudesse me despedir de você e de sua mãe. Movida apenas pela ambição e pelo impulso sexual. Agora, ela tem que pagar pelo que fez, filho. E quem, senão você, seria o melhor cobrador dessa dívida?"

XXV. Segundo molar maxilar (1)

Herói (*para si*): "E o que me diz o silêncio do Outro? Consentimento? Censura? E se o fantasma do meu pai não for meu pai?"

XXVI. Segundo molar maxilar (2)

Paloma: "Você sabe, Verônica adora festas. O baile da noite comemora a alegria. Para que mais? Filho (*mostrando-se amorosa*), e se eu pedisse para você não vestir negro hoje, só hoje, você me atenderia?" Herói: "Mãe, eu visto negro por mim e por você, que não guardou luto pela morte do pai". Paloma: "Filho, o luto estará para sempre em nossos corações. Nosso desafio agora é viver. Vamos beber, cantar, dançar..." Herói: "E depois morrer no Lago Paranoá?"

XXVII. Segundo molar mandibular (1)

Herói: "Entrem! Entrem! Sejam bem-vindos! Abner e Abiel, os gêmeos do sertanejo! Você é o Abner, e você, o Abiel? Não. O contrário. Claro! É que... com tanta semelhança, fica difícil distinguir. Vocês entendem, não? Venham que eu vou mostrar seus aposentos. Cinco estrelas, para duas estrelas... (*E chamando os gêmeos de lado*) Fiz uma canção para a festa. Se eu mostrasse, vocês acham que poderiam cantá-la, como um número especial? Excelente! Por aqui. Sigam-me".

XXVIII. Segundo molar mandibular (2)

"Menina Veneno 2"

Tudo começou com Caim e Abel,
Que eram irmãos, como Abner e Abiel.

O Pai fez diferença entre o lavrador e o pastor,
E a inveja fez presença entre a irmandade e o amor.

O ciúme tomou conta do coração de Caim,
Que traiu Abel, e o matou. Que tenebroso fim!
Depois, de cara lavada, com um quê de insolente,
Disse ao Pai, sem tropeçar, que era inocente.

A minha história é um pouco diferente,
Mais do que a inveja, a ambição se fez presente.
Assim, manhosa e sagaz, me fiz de escorpião,
E sorrateiramente, matei o meu irmão.

Agora durmo em paz com minha amada.
Gozamos o sexo e o poder no Alvorada.
Aranha com aranha, sem veneno ou pecado,
Ao menos, enquanto o escorpião for o culpado...

XXIX. *Terceiro molar maxilar (1)*

Horácio: "Verônica está furiosa com você. É preciso ter muita precaução nessa hora. Ela é capaz de tudo. Temo dizer isso, meu herói, mas sua vida corre sério risco". Herói: "Não se preocupe. Verônica não pode me matar". Horácio: "Por que não?" Herói: "Porque eu sou uma doceta." Horácio: "É o quê?!"

XXX. *Terceiro molar maxilar (2)*

Verônica: "Hoje você foi longe demais!" Herói: "A profecia, então, se cumpriu". Verônica: "Não estou... Profecia?! Do que é que você está falando?" Herói: "É que desde criança, todos sempre me falavam: esse menino vai longe, esse menino vai longe... Você mesmo já falou isso, *papai*". Verônica: "Cala essa tua boca mole! Já não te disse que não é pra me chamar de papai, caralho? Eu sou sua tia e sua mãe, sua tia--mãe, sua segunda mãe!" Herói: "Mas você não é o macho da relação?, com todo o respeito". Verônica: "Ô Paloma! Vem resolver isso aqui, se não essa merda vai feder mais do que já está fedendo! Eu juro que sou capaz de esganar esse moleque. Juro que sou capaz de matar ele!" Herói: "Você não pode me matar, Verônica". Verônica: "Por que não?"

XXXI. Terceiro molar mandibular (1)

Fantasma do pai do herói: "O mal nasce de si mesmo. O mal habita o cerne de cada homem. O mal condensa a natureza humana. Do mal deriva o bem. Imagine o mundo sem Deus, o mundo sem leis. Apenas por um dia, o mundo livre da culpa, da censura, da condenação. Tudo, absolutamente tudo permitido. Quem dominaria o mundo sem regras nem fronteiras morais? Pense! Não será difícil chegar à resposta. Porque o mal é a pulsão natural, e o bem, um artifício da espécie. O mal seduz sem nenhum aparato; o bem precisa da catedral, da estatuária, da música, da pintura, da fábula. Precisamos ensinar o bem; o mal aprendemos por instinto. Se não permitimos que o mal prevaleça no mundo, não é porque amamos o bem, é porque outro instinto, o de sobrevivência, se impõe. Só o instinto de sobrevivência supera o mal. É o instinto de sobrevivência que cria os deuses e escreve as leis. É o instinto de sobrevivência que protege a natureza. Ser bom é estar de acordo com o instinto de sobrevivência. Ser mau é ser homem. Aquele que foi bom por toda sua vida não foi homem, foi um instrumento, uma peça útil na engrenagem melancólica da existência. Para experimentar a humanidade em seu estado de pureza é preciso experimentar o mal, no corpo, no espírito, na mente, nem que seja por um instante fugaz, um instante sequer. Esse instante completará a tua vida, meu filho".

XXXII. Terceiro molar mandibular (2)

Herói (*monólogo*): "Pai, meu pai, eu renuncio. A vingança não será consumada. Não quero ser mau, não quero ser bom, não quero ser nada. Quero apenas me negar a cumprir minhas tarefas. Quero abdicar das responsabilidades que me são dadas. Quero me retirar, me desentrincheirar, me autoexilar. Quero não ser para ser. Ser o não-ser. Afirmar-me pela negação. Se sou herói, quero ser o herói da atitude demissionária. O herói da resignação. Quero ser um vulcão, que guarda dentro de si uma energia escaldante, e que dorme e desperta sem aviso, guiado apenas por suas entranhas inconscientes de fogo. Por que querem os homens domar o fogo? Para sobreviver? Por que querem os homens sobreviver? Para conservar a espécie? Por que querem os homens conservar a espécie? Para ser eternamente melancólicos? Por querem, afinal, os homens ser eternamente melancólicos, aborrecidos, patéticos? Eternamente presunçosos, submissos, cretinos? Eu quero ser outro, e me tornarei outro do outro, sempre que me deparar com alguém semelhante a mim. Infinitamente outro do outro do outro do outro... O eterno outro de mim mesmo. Eu quero não-formar, eu quero não-modelar, eu quero não-doutrinar. Eu quero a não-moral, a minha moral, que não possui cartilha, porque se regra e se desregra ao sabor do acaso. A não-moral não é domesticável, não é enquadrável, não é venal. A não-moral é o que ela quiser ser, inclusive domesticável, enquadrável, venal. Se eu proteger a natureza, não será por instinto de sobrevivência, mas por amor às cores, às fragrâncias, ao vento, às texturas, às formas, e sobretudo ao instante que funde numa unidade mágica e memorável meus sentidos e o universo. Se eu respeitar a tradição, não será por exigência da tradição mas por suave disposição voluntária. Se eu rejeitar a tradição, não será por rebeldia mas por necessidade de indisciplinar a razão para fortalecê-la. Se eu almoçar com os vivos, será para deles me diferenciar. Se eu jantar com os mortos, será para saborear a ambrosia da vida. Afinal, eu quero a vida! A vida-vida, sem anestesia, no extremo limite de suas potencialidades. Não uma quase-vida que se consome às expensas dos erros alheios. Só os meus erros me interessam! Quero a vida de um individualismo autocrítico e criativo, o individualismo radical! Cansei de ser uma doceta! Foda-se a doceta! Preguei uma moral, e isso enfraqueceu o mundo. Meu pai quis me impor sua moral, e isso me enfraqueceu. Foda-se a moral! Foda-se o meu pai! Foda-se o mundo! Mil vezes fodam-se! Quero tornar-me homem! Quero a dor e a delícia de me tornar o que sou: homem! Monstruosamente doce. Incomparavelmente humano. Eternamente eu*ndo*. Por isso, renuncio. Por isso, renego, abjuro. Por isso, abandono tudo!" (*Toma a mala, onde estão inscritas as letras J.H., e sai*).

7

Perguntei à minha tia sobre cada objeto da caixa. Suas respostas foram cálidas e sinceras. Perguntei se ela sabia por que meu pai havia "anotado" aquele livro daquela maneira, com seus dentes? "Meus?", disse com olhar de espanto. "Não, os dele." "Ah...", mostrando alívio, "por um momento, pensei...", detendo-se. "Pensou...", agreguei, tentando girar a manivela do seu pensamento. Mas ela levantou-se, e disse: "Vou preparar um café para nós dois. Fique aqui". E saiu na direção da cozinha.

Eu fiquei na sala. O sol quente daquela tarde expunha na janela um jardim exuberante, meticulosamente cultivado. Quando era menino, e vinha visitá-la, tia Berenice costumava me ensinar o nome das flores. Agora, contemplando o jardim, minha memória passeava por elas, reconhecendo-as: begônia, camélia branca, dália amarela, edelvais, fúcsia, gardênia – muitas gardênias! –, hortênsia, íris, jasmim, lírio-do-vale, magnólia, narciso, orquídea, papoula, rosa coral, sálvia azul, tulipa vermelha, urze, violeta, zínia... "Seu jardim, tia Berenice. Tão bonito!", quando voltou trazendo uma bandeja fumegante de prata, sobre a qual repousavam um bule e duas xícaras de porcelana. "Cuidá-lo é toda a minha vida." Serviu-me o café, e sentou-se diante de mim. Depois, olhou-me nos olhos, e com doçura no olhar e nas palavras, disse: "Aquele livro foi um presente meu para o seu pai. Ele gostava tanto de ler... Era mesmo um leitor contumaz. Nós nos presenteávamos com livros. Trocávamos, também. Eu lia os dele, ele lia os meus. Ele lia minhas anotações, eu lia as dele. Era nosso hábito anotar, anotar, anotar. Ambos líamos com lápis na mão. Grifando e anotando. Depois, comentávamos os comentários, em notas às notas". E com a mão esquerda me empurrou o pote de açúcar, do qual me servi. "Muitos desses livros estão comigo", ela disse, enquanto eu mexia o café. Tia Berenice sabia que minha mãe não havia guardado nenhum livro do meu pai. "O da caixa foi o último que lhe dei. Logo depois, ele adoeceu, e... Algo começou a consumi-lo por dentro, pouco a pouco." "O coração", observei. Mas ela continuou. "Foi uma agonia crescente. Um processo lento e penoso. Todos os dias a morte se anunciava, enviando um sinal de que se aproximava mais e mais. Os cabelos caíram, os pelos, as unhas... Depois, os dentes começaram a afrouxar, gingando na gengiva..." Foi sua vez de se servir do café. "Quando caíram todos, seu pai colocou os dentes numa caixinha de prata..."

Aquela história começava a me incomodar. Fisicamente, até. Sentia-me tonto, enjoado, febril. Não podia me concentrar. Havia perguntas que eu queria fazer mas não me atrevia. Talvez fosse melhor sair dali, esquecer tudo aquilo. Há segredos que vivem melhor no exílio, tia, para que anistiá-los? "Em retribuição, em solidariedade, por gratidão, por amor, mandei extrair meus dentes..." Tia, que flores são essas no vaso de canto? "...que ele usou para anotar aquele livro..." Tão insinuantes. "...o último que leu." Tão sedosas. "Agora..." Tão vivas. "...a mó que esmaga a morte..." Como? "...não esmaga mais..." Sou capaz de nomear todas as flores do seu jardim, tia. "Aquela louca da sua mãe..." Mas essa a senhora não me ensinou. "...aquele abismo de ressentimento..." Essa a senhora não me ensinou. "...foi ela quem matou seu pai. Ouviu?" Asfódelos? "Foi ela! Você me entende?" Asfódelos. Asfódelos. Eu só pensava nos asfódelos. "Foi ela!" Vibrantes. "Foi ela!" Coloridos. "Foi ela!" Aromáticos. "Foi ela! Foi ela! Foi ela!" Um campo semeado de asfódelos... "Aquela mulherzinha!" ...que girava e desvanecia, suavemente girava e desvanecia...

O Vulcão do Macuco

I

O fenômeno batizado de "vulcão do Macuco" ocorreu em Santos, no dia 29 de dezembro de 1896. A perfuração de um poço artesiano por uma sonda exploratória em terreno de subsolo pantanoso, próximo ao estuário, no bairro do Macuco, teria provocado o lançamento de fumaça, areia, lama e pedra, intercaladas por jatos de chamas vermelho-amareladas, com cerca de dez metros de altura, que brilhavam e soavam como uma sirene. O espetáculo durou quase um mês, e atraiu curiosos de toda a cidade, de cidades vizinhas, e também da capital, que no mesmo dia enviou técnicos da Comissão Geográfica e Geológica de São Paulo para averiguar a inusitada ocorrência. Foi o chefe dessa comissão, o geólogo americano, radicado no Brasil, Orville Derby, quem esclareceu ao *Estado de S. Paulo* os motivos da erupção, que, segundo ele, nada tinha de vulcânica. A reportagem com o diagnóstico do fenômeno foi publicada nas edições dos dias 30 e 31 de dezembro, e apesar da brevidade com que Derby solucionou o problema, a população local preferiu ver, no tubo enterrado que jorrava matéria incandescente, uma cratera e um vulcão. Assim, comerciantes aproveitaram o calor do evento e do verão santista para improvisar barracas e vender bebidas e petiscos aos "turistas" que ali chegavam. Mais acalorados, religiosos em frenesi, diante da língua de fogo da terra, exigiam corações contritos, e anunciavam para breve o fim do mundo, "como se o 'vulcão' fosse, de fato, um cometa", no registro irônico de um jornalista da época.

2

Os relatos sobre o vulcão são todos muito semelhantes entre si, e repetem, com poucas variantes, as reportagens que *O Estado de S. Paulo* publicou à época, e outras publicadas em *A Tribuna*. Uma dessas variantes está no livro *Santos Noutros Tempos*, do historiador José da Costa e Silva Sobrinho, que reproduz uma conversa entre amigos supostamente ocorrida no dia 5 de janeiro de 1897, na movimentada mercearia de Antônio Luís Gonzaga, conhecida como Bodega do Gonzaga. Os moços haviam acabado de chegar do vulcão, festejavam o aniversário de um deles, tomavam cerveja, e caçoavam do que viram, dizendo ao dono da bodega: "Que estopada! Que formidável estopada! Vimos apenas um bico de gás!", rindo-se da confusão. Sem interromper o serviço, Gonzaga voltou-se aos fregueses, e com voz impessoal, a que buscava dar – paradoxalmente – um sentido íntimo às palavras, disse: "Vocês estão redondamente enganados. É coisa muito mais séria. São as armas da marquesa que lá foram enterradas e agora, tocadas pelo exploratório, estão a fazer aquilo..."

A expressão "armas da marquesa" era corrente em Santos naquele tempo, e designava um rochedo no mar em forma de falo, que foi demolido para a ampliação do porto. Era uma chacota juvenil e machista que remetia ao amor imperial, escandaloso, explosivo, conturbado, que viveram Domitila e Pedro I. Mas ao mencioná-la, Gonzaga não se referia a insígnias heráldicas ou brasões de nobreza. E é curioso que assim fosse. *Furbo* e acolhedor, virtudes que lhe trouxeram fama e sucesso no comércio, o Gonzaga que emerge do trecho de Silva Sobrinho contradiz essa imagem. Ao tomar o vulcão a sério, quase destrata os fregueses, e faz uma revelação que tem um quê de bombástica: armas de munição da marquesa, que armas? Pois se a marquesa, apesar do seu passado, morreu como uma espécie de santa popular, que armas seriam essas, e por que teriam sido enterradas em Santos? Silva Sobrinho não menciona a fonte do episódio, que procurei, em vão, no espólio do historiador, depositado numa fundação da cidade. Tudo era muito suspeitoso: o fato em si, a forma como Silva Sobrinho o narra... Ao final, creio que essa passagem ficou na minha cabeça porque, além de mim, Gonzaga parece ter sido a única pessoa que encarou o vulcão com alguma seriedade. No fundo, eu sabia que ele, um homem cheio de sagacidade intuitiva, mas pouco ou nenhum conhecimento técnico, não poderia desmentir o diagnóstico de Orville Derby. Ainda assim, as armas da marquesa ficaram martelando: que armas?

3

João de Castro do Canto e Melo nasceu em Angra do Heroísmo, na Ilha Terceira, nos Açores, em 1740. Muito jovem, ingressou no exército português, e logo veio ao Brasil, onde esteve no Sul, lutando contra os espanhóis, antes de se fixar em São Paulo, em 1779. Não era rico mas descendia de linhagem nobre. Genealogistas identificam a origem de sua família nos Castros de Vila Nova de Cerveira, região próxima à Galícia. Tal proximidade levou estudiosos a suspeitar de um parentesco entre João e D. Inês de Castro. Sabe-se com segurança que entre os antepassados de João de Castro contam-se vice-reis da Índia, fidalgos cavaleiros, e altos funcionários da casa real portuguesa. O fato de toda essa herança de nobreza não ter se traduzido em riquezas materiais não parecia importunar João de Castro, que à segurança de uma vida regrada, preferia os riscos e as recompensas das aventuras, sobretudo as amorosas.

Em São Paulo, acumulou dívidas. E delas poderia ter se livrado se tivesse se unido em matrimônio à viúva espanhola Teresa Braseiro, rica proprietária de terras, de quem foi noivo, e com quem teve uma filha, Maria Eufrásia de Castro. Ao invés, decidiu casar-se com Escolástica Bonifácia de Oliveira Toledo Ribas, que, como ele, possuía antepassados ilustres, mas condição financeira que, se não negava – seu pai, João Bonifácio Ribas, era escrivão das juntas da Real Fazenda e da Procuradoria de Ausentes de São Paulo –, também não correspondia à distinção genealógica de sua família, cuja linhagem cruzava-se até com um irmão de Pedro Álvares Cabral. Do casamento de João de Castro e Escolástica, ocorrido em 1784, nasceram oito filhos, ou quatro casais. À caçula das meninas, chamaram Domitila, em homenagem à mártir romana Santa Flávia Domitila.

Pode parecer algo intrigante que João de Castro tenha trocado a rica Teresa, mãe de Maria Eufrásia, pela remediada Escolástica. Outro dado não menos curioso dessa história é que Escolástica tinha 22 anos quando se casou. No Brasil do fim do século XVIII, os homens, que não se casavam antes dos trinta, resolviam a questão matrimonial elegendo uma de quatro possibilidades: ou mantinham-se celibatários, ou se amasiavam com suas escravas ou mulheres forras, ou desposavam viúvas endinheiradas, ou – opção mais natural – buscavam *donzelas casadoiras*, que recém-entradas na puberdade entregavam a seus maridos, além da virgindade, um dote familiar, em regra, bastante generoso. Ao não seguir nenhum desses caminhos, João de Castro, pode-se dizer, transgrediu as convenções de seu tempo. Por que teria feito isso? Razões do coração não se sustentam. O casamento por amor era, então, uma ficção poética ausente das relações sociais. Ou quase. O amor romântico abatia jovens, bem poucos, de ânimo lasso e sensibilidade abaladiça, que eram em tudo opostos a um tipo como João de Castro. O "quebra-vinténs", como era conhecido, ganhou fama por sua força física – dobrava moedas com os dedos – e pela avidez e perícia com que desvirginava moçoilas crédulas, filhas de pais simplórios. Não se sabe ao certo se o apelido que ganhou aludia ao vigor físico ou ao hábito sexual. Ou a ambos, talvez. De todo modo, não foi a virgindade de Escolástica, guardada por 22 anos – envelhecida para os padrões da época – que o levou a se casar com ela. Outro teria sido o fator determinante do casamento, como revelam anotações de Isabel Burton em seus diários, guardados nos arquivos do Centro de História de Wiltshire e Swindon, na Inglaterra.

4

Richard e Isabel Burton avistaram o cais de Santos na tarde do dia 9 de outubro de 1865. Vinham a bordo do navio real britânico Triton, onde haviam embarcado no Rio de Janeiro. Richard, ou capitão Burton, como era conhecido desde os tempos em que servira no exército da Companhia das Índias Orientais, chegara ao Brasil como cônsul britânico após três anos de serviço consular na Ilha de Fernando Pó, no Golfo da Guiné. Ambos, Santos e Fernando Pó, eram postos de pouco prestígio, ou "túmulos do serviço civil", nas palavras de um observador da época. Ambos também eram assemelhados no clima quente e úmido, insalubre à compleição dos europeus, principalmente as mulheres. Daí Isabel não ter acompanhado o marido à África, nem tê-lo visitado, como seria de seu gosto, uma única vez. Era ele quem, nos intervalos de folga, que não eram tantos, nem longos, ia vê-la em Londres. Foi numa dessas idas que, por insistência de Isabel, ela viajou de volta com o marido, até pelo menos metade do caminho. Na Ilha Tenerife, separaram-se: Isabel retornou a Londres, e Richard seguiu ao sul, até Fernando Pó.

A situação ia assim tornando-se insustentável. Sobretudo para Isabel, que era obrigada a viver com sua mãe desde que se casou – logo após o casamento, Richard foi nomeado cônsul e enviado à África. "Como estou, não sou filha, nem esposa, nem viúva. Não sou nada!", lamentava em carta ao marido. Richard, por sua vez, era, como sempre foi, *tudo*. Não podia estar parado. Um demônio dentro dele o fazia viajar, explorar, conhecer, experimentar, escrever. Tudo em excesso. Com a curiosidade em chamas, com a vontade em fúria, com o ímpeto indomável. Durante os quatro anos em que esteve em Fernando Pó, viajou e escreveu como um possuído: nove livros sobre a África Ocidental, além de artigos, ensaios, cartas e relatórios oficiais. Nos livros – nove alentados volumes –, reflete sobre tribos, raças, rituais de iniciação, canibalismo, culinária, botânica, geologia, folclore, história, acidentes geográficos, enfermidades, religiões, economia, pedras preciosas, escravidão, colonialismo, sexualidade, e acima de tudo, línguas, seu assunto preferido. Richard Burton foi um dos escritores mais prolíficos e o explorador mais inquieto da Inglaterra vitoriana. Falava 29 idiomas – em alguns se fazia passar por falante nativo –, além de vários dialetos. Numa das explorações que empreendeu desde Fernando Pó, sua inquietude o fez aproximar-se, por conta e risco próprios, do lendário Rei Glele, do reino de Daomé. Richard almejava conhecer o lugar onde, segundo relatos de viajantes, ocorriam chacinas ritualísticas que enchiam lagos de sangue, sob os auspícios do rei local. Não viu lagos de sangue, mas falou ao rei, e lhe prometeu voltar. Voltou, de fato, meses depois, em missão diplomática. A Coroa britânica queria expressar oficialmente sua desaprovação pelas notícias de violência que vinham do reino de Daomé, e censurar o comércio de escravos que ali ainda se mantinha. O sucesso dessa delicada e temerária missão foi o pretexto de que Isabel precisava para pedir uma audiência com o ministro das relações exteriores, John Russell, e rogar-lhe que transferisse o marido a outro posto, de clima menos hostil, como forma de reconhecimento aos serviços prestados. Sob o impacto dos informes de Daomé, *sir* Russell resolveu acatar o pedido de Isabel, e autorizou a transferência de Richard Burton a Santos. Havia também o fato de a Coroa britânica precisar de alguém que falasse português para avaliar de perto como o Brasil estava administrando a herança colonial portuguesa. Os britânicos sabiam, embora não admitissem isso, não ao menos publicamente, que ocupavam na modernidade o lugar antes ocupado por Portugal: o de império colonialista global. Ter notícias seguras e detalhadas das ex-colônias portuguesas poderia, assim, auxiliar o serviço de planejamento da administração das colônias britânicas.

5

Se o litoral brasileiro era considerado agressivo à saúde dos europeus, não o era tanto quanto a costa ocidental da África subsaariana. Daí Isabel poder, enfim, seguir com o marido para seu novo posto. No Rio de Janeiro, onde o casal Burton passou cinco semanas, antes de viajar para Santos, Isabel foi acometida de sua primeira febre tropical, que Richard curou por meio da hipnose. Apesar disso, Isabel gostou do Rio, mas não de Santos, que em seu diário descreve como um "vasto manguezal pantanoso". Por conta da umidade, do calor, e da grande quantidade de água doce, Santos era um lugar infestado de mosquitos. Nuvens deles se formavam, tão densas, e tão negras, que pareciam insetos voadores gigantes, zunindo de modo sinistro e prolongado. Além de mosquitos, proliferavam na cidade aranhas, carrapatos, pulgões, baratas, formigas, cobras, tudo em tamanho descomunal aos olhos de Isabel. As contínuas ressacas do mar espalhavam pela areia e por logradouros próximos à praia ossadas de baleia, que golpeadas pelo sol luziam como fragmentos de esqueletos de marfim. A maresia e o cheiro de mangue deixavam na atmosfera um odor cediço e aquoso, que atravessava o ar pesado e abafadiço. Com receio de que Isabel adoecesse, Richard a levou para São Paulo, onde o clima temperado era mais propício à sua saúde. A viagem, que durava em média dois dias, era feita em tropas de muares pelo Caminho da Serra do Mar. Como ambas as cidades demandavam um consulado britânico, Richard decidiu instalar a mulher em São Paulo e dividir-se entre o planalto e o litoral.

Em São Paulo, Isabel escolheu como residência um palacete, na rua do Carmo, que havia sido convento no século

XVIII. Era espaçoso, claro, limpo, dotado de um amplo escritório para Richard, e de uma capela, onde com autorização do bispo local, D. Sebastião Pinto do Rego, ela podia orar junto com os escravos. Nas orações, esforçava-se para ensinar-lhes princípios cristãos, e tentava a todo custo dissuadi-los – porque assim haviam sido doutrinados – de que não possuíam alma. Os Burtons tratavam os escravos como empregados, e os pagavam como homens e mulheres livres. Só os contrataram porque não havia em São Paulo homens e mulheres livres que fizessem o serviço dos escravos. Foi um deles, o anão Chico, quem disse à sua senhora, depois de uma oração, que ali mesmo, na rua do Carmo, vivia uma marquesa, "mulher muito caridosa e muito *pegada* à religião". Sem companhia feminina para se entreter, Isabel consultou o bispo, que confirmou as palavras de Chico. D. Sebastião e a marquesa trabalhavam juntos na campanha de recrutamento de voluntários para a Guerra do Paraguai. "Além de benemérita e patriota", disse, "a marquesa é uma senhora com muitas histórias. Conviveu com a família imperial, em estreita relação, durante um tempo de grande efervescência no país. Como o que vivemos agora, aliás. Depois, casou-se com o homem mais poderoso de São Paulo, de quem se tornou viúva. Trata-se, enfim, de uma alma sincera e arrependida". Na manhã seguinte, Isabel enviou Chico à casa da marquesa com um convite para o chá daquela tarde.

6

O diário de Isabel Burton se estende por mais de sessenta cadernos manuscritos – como Richard, Isabel também era uma escritora compulsiva. Foram esses cadernos que lhe serviram de fonte para escrever a biografia do marido, *The Life of Captain Richard F. Burton*, em dois volumes. Desde que o conheceu, Isabel soube que aquele, com quem se casaria, não era um homem comum, e que seria sua tarefa, de todas, se não a mais nobre, a mais necessária, o registro dessa existência única e exemplar. Assim, por mais de trinta anos, anotou o cotidiano de sua relação com Richard, tentando decifrar-lhe a personalidade. À medida que essa personalidade aos poucos se desvelava, Isabel experimentava sentimentos de fascínio e angústia. Fascínio pelo homem extraordinário que Richard era, e angústia porque essa extraordinariedade, em certos momentos, desafiava, com a contundência de uma agudez excessiva, algumas de suas, até então, inabaláveis convicções morais e religiosas. A biografia não registra essa angústia, que no diário, como uma onda, se eleva e se esvai, emergindo sobretudo nos momentos de solidão de Isabel, que não eram poucos, nem breves.

No dia em que mandou Chico à casa da marquesa, "Jemmy" – como se refere carinhosamente ao marido no diário – navegava pela costa de Santos numa pequena embarcação em busca do monstro que assombrava a população local. Pescadores que o haviam visto descreviam-no como um ser de focinho proeminente e cabeça ovalada, sobre um pescoço escamado e espesso. Seus olhos eram redondos como os dos peixes, mas no lugar de nadadeiras laterais, possuía braços longos, que terminavam em garras afiadas. Tinha o corpo coberto de pelos, e de sua garganta saía um esguicho de voz estridente e esganiçado. Havia sido visto no mar e também em terra, onde caminhava ereto, sobre seu rabo de barbatana, esgueirando-se por entre arbustos na mata próximo à praia. Seu comprimento variava de três, segundo os que o avistaram em terra, a cinquenta metros, conforme os que o viram no mar. Tal variação de medidas fez com que Richard, a princípio, tomasse a história como lenda. Mas ao refazer o itinerário da prisão de Hans Staden, desde a Ilha de Santo Amaro até Ubatuba, e ao entrar em contato com inúmeras tribos pelo caminho, convenceu-se da existência do monstro, sobre quem todos os índios, sobretudo os principais, lhe davam notícia. "*Jemmy persegue o monstro anfíbio de Santos como a todos os monstros, reais ou imaginários: persegue-os como se perseguisse a si mesmo*", escreve Isabel no diário.

7

[Novembro, 1867]

No Rio, à espera de Jemmy, que deixei em Minas há quatro meses, e de quem não tenho notícias desde então. Assim, aflita – quando Jemmy não está, vivo em permanente estado de aflição –, recebi a carta de D. Sebastião Pinto do Rego, que me informa sobre a morte da marquesa, ocorrida no último dia 3. Na véspera da viagem para a Corte, há cerca de um mês, passei em seu palacete para me despedir. Estava bem. Mandou-me servir chá, serviu-se de café, saboreamos os deliciosos quitutes que suas cozinheiras preparavam, e conversamos animadamente. Nos últimos dois anos, passamos longas tardes assim. A marquesa possuía uma personalidade magnética e uma conversa saborosíssima. Tudo, ou quase tudo, o que sei sobre história do Brasil – e que julgo não ser pouco – aprendi durante nossos encontros. E não me refiro apenas a fatos, mas também a bastidores, que a marquesa conheceu e frequentou. Assim, tornamo-nos amigas. Unia-nos a devoção cristã, a "caritas" – que ambas praticamos – e meu desejo de conhecer a terra brasílica e seus personagens mais ilustres, que a marquesa satisfazia com abundância de informações e anedotas pitorescas. Também ela me pedia notícias da rainha e do império britânico, que eu retribuía com desvelo, mas sem o mesmo brilho de intimidade com o poder. Com o passar do tempo, nossa amizade nos fez confidentes. Nos últimos meses, fez-me revelações que creio não ter feito a outra pessoa, além de mim. Por quê? Não sei. Desconfio se não terá sido por ser eu estrangeira, e por ela, nesse tempo, ter pressentido a chegada da morte. Revelar-se a mim seria como uma forma de ocultar-se, ainda que provisoriamente, da morte, que a espreitava com olhos de vidro desde o cômodo contíguo. Ou talvez fosse uma confissão laica premortem. *Tudo isso concluo sob o impacto da notícia de seu passamento. É possível, e até provável, que nada disso faça, de fato, sentido.*

Com efeito, escavando a memória, enquanto escrevo estas linhas, lembro-me de que suas revelações mais íntimas vieram à tona quando soube que Jemmy, em seu gigantesco arco de interesses, que às vezes parece abarcar o Absoluto, pesquisava o tema da sexualidade, desde a perspectiva orientalista, e suas ramificações com o poder. Recordo que arregalou-me os olhos, quando lhe confirmei isso. Menos por espanto do que por curiosidade, creio, pois logo pediu-me mais detalhes sobre essa pesquisa. Contei-lhe um pouco das relações de Jemmy com o Oriente, ressaltando a dificuldade de resumi-las, dado que se estendiam, pródigas e intensas, por vários anos de sua vida e volumes de sua obra. Ouviu-me atentamente, sorvendo cada palavra que eu dizia. Confidenciou-me, depois, que uma tia-avó sua, do lado materno, vivera algum tempo na Índia e na Tailândia, para onde o marido, um militar de alta patente, fora enviado pela Coroa portuguesa. No Oriente, ela iniciou-se na arte e ciência tântricas do pompoarismo. Foi a minha vez, então, de arregalar os olhos; mais por espanto do que por curiosidade. O tema parecia-me delicado demais para ser discutido por duas distintas senhoras na sala de estar de um palacete da rua do Carmo, na pacata e provinciana cidade de São Paulo. Assim pensava eu, mas não a marquesa, que era mulher experiente e desenvolta, a quem nada ou ninguém lhe fazia embaraço. Nisso, se assemelhava a Jemmy. "Minha tia-avó" – disse-me então, com palavras que transcrevo de memória – "que também se chamava Domitila, aprendeu no Oriente que a índole masculina do sexo é o prazer, e a feminina, o poder. Para a mulher, o sexo pode ser a senha de entrada nos círculos masculinos do poder. A arte e ciência do ato sexual, que o pompoarismo tântrico ensina, constitui a arma que temos para potencializar nossa sorte, tão vulnerável desde séculos, como a senhora bem sabe." Sim, de fato, eu sabia. Nesse tema, Jemmy há muito já havia passado por esse capítulo, e avançado. Mais do que a marquesa poderia imaginar. Mais até do que eu gostaria. Mas não lhe fiz nenhuma referência nesse sentido. Apenas aproveitei o à-vontade da nossa conversa para lhe perguntar com curiosidade sincera: "Foi assim, então, que a senhora conquistou o imperador?" Ela respirou, e me disse: "Quando retornou ao Brasil, minha tia-avó Domitila iniciou minhas tias e minha mãe na doutrina do 'romanismo', termo que usava para camuflar e ocidentalizar o sentido real do que praticava e ensinava. Minha mãe, por sua vez, passou a tradição 'romanista' para mim e minhas irmãs, que deveríamos passá-la adiante, a nossas filhas, como ocorre no Oriente. Mas eu, contrariando a vontade de minha mãe, a interrompi", servindo-se do café, cuja fragrância perfumava o palacete. Levou a xícara fumegante de porcelana à boca com ambas as mãos, como sempre fazia, quando tomava café, e continuou: "Interrompi ao dar-me conta de uma verdade que se me mostrou irrefutável à força dos acontecimentos: que o preço da conquista do poder é a cegueira da razão, o distúrbio da personalidade, o excitamento do mal, que nos leva a perpetrar loucuras; algumas podendo alcançar graus de barbarismo sem precedentes". Revolveu o café com a pequena colher de prata, e o saboreou como se tomasse fôlego. "Desculpe-me", prosseguiu, "se dou à conversa um tom de filosofia de almanaque. Todos sabemos quão sedutor e arrasador pode ser o poder. A maestria que atingi nos domínios da técnica 'romanista' fez de mim uma mulher muito poderosa na ju-

ventude. Ainda hoje, como a senhora vê, gozo dos frutos desse poder. Mas não sem ressentimento e remorso." E o ritmo de sua fala foi se fazendo mais pausado e contido. "Não se pode – perdoe-me outra vez o espírito de almanaque – transpor sem mediação uma sabedoria oriental ao Ocidente. Ou vice-versa. Oriente e ocidente são irmãos cujas dissidências os torna mutuamente dependentes e inconciliáveis. Como fôramos eu e minha irmã, Maria Benedita... Éramos ambas vaidosas e gananciosas. Éramos também exímias 'romanistas'. Maria Benedita mais do que eu, creio. Talvez por isso tenha se inconformado com o fato de ser eu a preferida de Pedro, que ela tentou a todo custo conquistar. Fizemo-nos rivais e, mais do que isso, inimigas. Viscerais inimigas. Num momento de exasperação, que muito me custa recordar, mas que não posso esquecer, tramei sua morte com meu irmão José... Por ingerência divina, felizmente, a trama não vingou. Minha irmã sobreviveu. Não tive a mesma sorte."

A frase derradeira da marquesa, a única a que minha memória não acresceu algum estilo, anuncia sua morte em retrospecto e em prospecto. A marquesa era uma mulher mortificada pelo próprio escrúpulo, que em vão procurava expiar sua culpa através da religião e da filantropia. Morreu em seu quarto cercada de amigos e parentes, além de assistência médica e espiritual. Ainda assim, não teve o que a devoção cristã chama aqui de "boa morte". Segundo D. Pinto do Rego, a crise de que foi acometida nos últimos dias trouxe-lhe cólicas excruciantes, acompanhadas de cãibras abdominais terríveis, e de um desarranjo intestinal contínuo, severo, pestilento e aquoso. "Gritava na cama com se lhe queimassem os ossos", relata o bispo. E nos últimos momentos, "chegou a vomitar fezes".

7

Enquanto Isabel anotava suas memórias da Marquesa de Santos, o capitão Burton terminava sua viagem pelo rio São Francisco, o "Mississipi brasileiro", que ele percorrera desde Sabará (Rio das Velhas), passando pela Cachoeira Paulo Afonso, "o Niágara do Brasil", até o Atlântico, na divisa das províncias de Sergipe e Alagoas. Foram ao todo 2500 quilômetros, a maior parte em canoa, de agosto a novembro. A viagem desde o Rio a Minas começara em 12 junho. Isabel acompanhou o marido, e estava prestes a seguir com ele pelo São Francisco, quando na noite do dia 27 de julho, depois de uma visita às minas do Morro Velho, descendo "às entranhas da terra", Isabel torceu o tornozelo com gravidade, e teve que voltar a São Paulo. Quando reviu o marido, no Rio, em fins de novembro, Richard trazia na bagagem os dois volumes de *Highlands of the Brazil*, que seriam publicados em Londres, em 1869, além de bastante avançada sua tradução para o inglês de *Os Lusíadas*, e já iniciada a tradução de *O Uraguai*, que o capitão lera com fascínio, uma noite, em Diamantina.

Do Rio, o casal seguiu para Santos, onde o capitão Burton trancou-se em seu escritório, e por dias a fio escreveu seu célebre ensaio sobre os espelhos, que ficou perdido até 1937, quando Pedro Henríquez Ureña o descobriu na biblioteca da Humanitária e o levou para a Argentina. Não se sabe se há alguma relação entre a aventura no São Francisco e este ensaio, que não faz menção ao Brasil. Sabe-se, porém, que Richard o escreveu cercado de notas dessa viagem, bem como de cópias das inscrições rupestres que encontrou na região do baixo São Francisco, e que almejava decodificar, comparando-as com petróglifos que havia visto, anos antes, durante a exploração do rio Congo. Sabe-se também que no escritório de Santos, após retornar de Minas, Richard escreveu um longo ensaio sobre a misteriosa ossada fóssil de Prados, da qual, aliás, já tivera tido notícias, antes de chegar ao Brasil.

8

Em 1784, numa fazenda em Prados, escravos de eito encontraram, por acaso, o primeiro fóssil da região mineira: um esqueleto com 46 palmos de altura. O responsável por seu estudo foi o ilustre naturalista e mineralogista Simão Pires Sardinha, que recebeu amostras do achado, enviadas pelo governador da província, Luís da Cunha Meneses. O relatório com a análise da ossada fóssil foi enviado no ano seguinte ao governador, que o despachou junto com alguns ossos ao Reino.

Nos meses de maio e junho de 1865, os Burtons passaram férias em Portugal, antes de viajarem – primeiro Richard, depois Isabel – para o Brasil. Foi nesse período que o faro do capitão Burton descobriu nos arquivos nacionais da Torre do Tombo o relatório de Pires Sardinha. Nele, o naturalista brasileiro afirma que, pela análise dos materiais, não é possível determinar a espécie animal, "seguramente extinta nas Américas". Conta também que viajou a Prados para examinar *in loco* o sítio arqueológico, e ali, com auxílio técnico, encontrou amostras de cabelo humano junto a fragmentos do crânio. Isso o fazia concluir, "à luz da ciência pura", que a ossada de Prados pertencera "in-especulativamente" a um gigante. "Não", pontua a seguir, a fim de evitar falsas inferências, "um dos da raça da Patagônia, que Magalhães avistou por primeira vez em 1520, e dos quais um exemplar andou por aqui, trazido pelo explorador espanhol Alonso Díaz no último quarto daquele século – esses galalaus patagônicos, sabe-se, medem entre quinze e dezesseis palmos de altura". O naturalista recomenda, ao final do relatório, que novas escavações sejam feitas no local para que o mistério possa ser objetivamente esclarecido, e "não dê vazão à imaginação popular e supersticiosa, tão fértil em nosso tempo". A recomendação não foi cumprida.

Em 1788, Luís da Cunha Meneses retornou ao Reino, e Pires Sardinha se mudou ao Rio de Janeiro. No ano seguinte, após envolver-se com inconfidentes na Corte, e quando estes começaram a ser investigados e perseguidos, Pires Sardinha se transferiu para Portugal. Antes de viajar, enviou um baú, com uma carta, dois dentes do gigante, fragmentos de ossos e amostras do cabelo, a seu meio-irmão Joaquim José Fernandes de Oliveira. Por volta de 1835, com Pires Sardinha já morto, Joaquim José entregou o baú do gigante ao eminente naturalista dinamarquês Peter Wilhelm Lund. O doutor Lund, como era conhecido, vivia na região de Lagoa Santa, por onde passou o capitão Burton, vindo de Sabará. Em agosto de 1867, apesar de doente e recluso, o doutor Lund aceitou receber o capitão Burton. Desse encontro, cujo conteúdo não é revelado no *Highlands of the Brazil*, nasceu o ensaio da ossada de Prados, escrito no final daquele ano, em Santos. No seu diário, Isabel observa, sem deitar pormenores, que o ensaio dos espelhos e o da ossada fóssil de Prados foram escritos simultaneamente e como respostas de um ao outro. O primeiro, no entanto, depois de perdido, teve a sorte de ser descoberto; o segundo, menos afortunado, permanecia desaparecido.

9

Inaugurada em 1880, a Biblioteca da Humanitária mudou-se para a Praça José Bonifácio, seu atual endereço, em 1931. Nesse ano, possuía um acervo entre sete e oito mil volumes, que deve ter sido o encontrado por Henríquez Ureña, ao visitá-la seis anos depois. Hoje, em suas pesadas, escuras e altas estantes de madeira, a biblioteca conta mais de 45 mil títulos. Seria tarefa bastante dificultosa para mim, mais do que fora para o estudioso dominicano, encontrar um manuscrito perdido. Mas não havia outra pista sobre o paradeiro do ensaio da ossada de Prados. Tinha de estar ali! Assim, iniciei minha busca.

Se o ensaio dos espelhos discorre sobre o Absoluto, essa utopia do século XIX, que outro aspecto do universo teria sido tratado pelo capitão Burton no ensaio da ossada de Prados, como resposta ao anterior? Uma nova utopia? Uma antiutopia? Que ideias estariam em potência no descobrimento do gigante de Minas? Qual terá sido o teor da conversa entre o capitão Burton e o doutor Lund? Teria o capitão Burton examinado os dentes do gigante, como aliás sugere, sem dizê-lo, no *Highlands of the Brazil*? Por que teria o capitão Burton decidido escrever sobre a ossada de Prados em separado, e não incluí-la no relato, por vezes tão detalhista, de *Highlands of the Brazil*? Era o que me perguntava, percorrendo os salões sombrios e maciços da Biblioteca da Humanitária.

10

É o que tenho me perguntado há meses, com obsessão beneditina, preso na biblioteca; por vezes, esquecendo-me de comer, de me banhar, de falar com os amigos, que em vão me procuram, preocupados. À noite, sigo a pé – poderia tomar um ônibus, mas prefiro caminhar – até a Santa Casa, onde meu pai está em coma há três anos. Visito-o e falo com ele todos os dias. Se lhe faltei, foi apenas por um período, um curto período, quando viajei a Londres e a Lisboa para fazer a pesquisa que aqui exponho, e que um dia espero lhe mostrar.

II

Meu pai entrou em coma para ilustrar uma ironia: a de que o Acaso, contrariando sua própria natureza, parece às vezes tramar nossos destinos e conspirar contra nós, como uma força lesiva e deliberada. Meus pais viajavam pela Bahia numa excursão de casais de meia-idade. O ônibus que os levava parou à beira da estrada, uma dessas bem pouco movimentadas, quase desertas. O grupo desceu. Era uma manhã de sol, quente e clara. Havia um mirante próximo, que dava para um despenhadeiro de paisagem exuberante. Depois de visitá-lo, meus pais esperavam, com outros turistas, os que regressavam do mirante. Esperavam do lado de fora do ônibus. Foi então que o Acaso interveio. Uma rajada de vento aproximou-se rápido, subindo talvez pelo despenhadeiro, volteou no espaço, e com uma lufada súbita fez voar o chapéu da minha mãe, que num gesto instintivo tentou agarrá-lo. Meu pai repetiu o gesto, e como também não o conseguisse alcançar, saiu a persegui-lo. O vento os levou à estrada, por onde passava, naquele momento, um carro em alta velocidade. O componente irônico dessa história não é apenas o fato de meu pai estar há três anos provisoriamente morto por tentar resgatar, com certo romantismo cavalheiresco, o chapéu esvoaçante da minha mãe. O elemento mais perversamente irônico dessa história é que o volteio do vento que fez voar seu chapéu, fez voar também os de outras senhoras, duas ou três, cujos maridos, ou acompanhantes, movidos pelo mesmo instinto e intuito, reagiram do mesmo modo que meu pai. Por alguns segundos, tudo muito rápido, mas muito preciso, os chapéus desenharam rotas distintas no ar, para logo convergir em espiral, ponto em que revolutearam, para em seguida se separar novamente. Quando o carro encontrou meu pai, atirando-o a metros de distância, sobre asfalto quente daquela manhã clara de sol, ele perseguia por engano o chapéu de outra senhora.

Da Bahia, meu pai foi transferido de helicóptero para a Santa Casa. Minha mãe insistiu na transferência, apesar da recomendação em contrário dos médicos. Ela queria que o marido revivesse ou morresse em Santos. Não viu nenhum de seus desejos realizado. Minha mãe morreu há um ano e três meses, de morte natural, enquanto dormia, em seu apartamento, no Macuco.

12

Seria injusto se eu dissesse que o "garimpo" na Biblioteca da Humanitária foi de todo inútil. Não encontrei o que procurava: o ensaio do capitão Burton sobre a ossada de Prados, que assim continuará perdido. Em compensação, descobri algumas "gemas" que de algum modo recompensaram meu esforço. A primeira é uma rara edição original de *Being and Acting*, o famoso manual inglês de dramaturgia do século XVIII. O volume não traz um *ex-libris*, mas mostra em letra cursiva, inclinada à direita, as iniciais *R.F.B.*, escritas na folha de rosto, logo abaixo do título. O desenho da letra, seu espaçamento, o nível de inclinação, e a pressão da tinta sobre a página, leve e precisa, me lembraram a caligrafia de Isabel Burton. Tudo isso me faz supor que o livro talvez tenha pertencido ao capitão Burton, embora ele, como homem de letras do século XIX, possuísse um *ex-libris* personalizado.

Composto em forma epistolar e versos brancos, *Being and Acting* estabelece as premissas de uma poética da interpretação dramática. A clareza, originalidade e coerência de suas postulações, somadas à aplicabilidade de sua teoria, fizeram dele o livro obrigatório para atores, atrizes e amantes do teatro por mais de um século, desde sua publicação, em 1789, até o surgimento do método Stanislavski, que segundo especialistas não lhe é mais do que uma redução simplificada. A popularidade de *Being and Acting* fez com que muito se discutisse sua autoria, até hoje desconhecida. Por muito tempo, a obra foi atribuída a David Garrick, ator cuja técnica dramática coincidia com o programa do manual, e escritor cuja leveza e elegância se mostram reconhecíveis sobretudo em momentos capitais do poema, como o Canto IV, que discute os estilos de interpretação dramática. Garrick sempre refutou a autoria. Ele afirmava que o ator deveria ser visto pela plateia como um ser instintivo, guiado por uma sensibilidade misteriosa e superior, e não como um teórico-estrategista, pois isso anularia o impacto de sua arte. Muitos consideram essa afirmação um atestado de autoria.

13

O Canto IX é o meu preferido. Ali, narra-se a história de Vlutínski Vasylievich, o ator russo, morto em 1775. Vlutínski não era um ator convencional. Nunca atuou no teatro. "Vlutínski", diz o poema, "entendia o mundo como um grande palco e nele atuava em tempo integral". Não que não se soubesse *quando* Vlutínski atuava: Vlutínski *sempre* atuava. Ou, como afirma o narrador, "Vlutínski vivia em estado de atuação". E mesmo quando dormia, e ressonava, sua mulher por vezes suspeitava de que o sono não lhe houvesse tomado, pois, na penumbra do quarto, ao pousar nele o olhar desconfiado, Vlutínski parecia perceber-lhe a desconfiança, e virava-se na cama, ressonando ainda mais forte, engasgando a respiração até entrecortá-la. Pela manhã, compensava a interpretação da noite "dormindo de olhos abertos, durante o café, enquanto *lia* um velho manual de agricultura".

Não se sabe com quem Vlutínski, que era filho de mujiques e neto de artistas circenses, estudou arte dramática (provavelmente com seus avós ou com alguém ligado a seus avós), se atuava de improviso ou planejava suas atuações, e sobretudo se atuava quando estava só. Ele nunca revelou. Não se pode afirmar, no entanto, que Vlutínski era um homem de segredos. Certa vez, descreve o narrador, Vlutínski revelou a sua filha, Burkitna, uma jovem de dezesseis anos, "não ser seu pai biológico". A menina, que sofria dos nervos, fugiu de casa e "se atirou ao rio, amarrada a uma pedra". Na câmara mortuária, onde o capelão oficiava o cadáver de Burkitna, Vlutínski não parou de rir: "da casquinada à gargalhada". As pessoas que melhor o conheciam "desprezavam o patetismo de sua reação", e ele ria. Alguns se irritavam, e ele ria. Poucos, mais compreensivos, se compadeciam, "crendo haver ele perdido o juízo", e Vlutínski, delas e de todos, ria, ria, ria. Não parou de rir nem quando o cadáver de Burkitna estremeceu e guinchou, "como um suave vulcão", devido a um movimento espasmódico involuntário, que assustou os presentes, "chegando alguns até mesmo ao delírio", e outros ao desmaio.

Abrienitza, a mulher de Vlutínski, tão logo a filha foi enterrada, abandonou o povoado onde morava, e passou viver com os filhos num lugarejo afastado. Lá, dizem, "casou-se pela segunda vez e teve mais filhos". Vlutínski era vidreiro de profissão. No final da vida, depois de inúmeras tentativas, que se arrastaram por anos, inventou o espelho transluzente, cujo alto grau de reflexão coincide com o de transparência. A longa exposição à sílica, porém, "corroeu-lhe o pulmão". Ao pressentir a morte, já velho e solitário, Vlutínski assumiu sua condição de ator, e fundou em sua casa uma escola de arte dramática. Morreu em seguida, "antes de ministrar a primeira aula", para a qual havia alguns poucos, cinco ou seis, alunos inscritos. Foi enterrado ao lado da filha. Alguns acreditam que a morte de Vlutínski foi sua obra-prima. Outros juram ter ouvido vozes subterrâneas vindas das sepulturas de Vlutínski e Burkitna. O fato é que a arte de Vlutínski morreu com ele. E sua morte serviu para "desmistificar a crença de que a arte dramática nasce espontaneamente". O ator, de qualquer estilo, não o é por inclinação pessoal mas por opção deliberada e domínio técnico. Se não há um novo Vlutínski é porque sua técnica "não pôde, até hoje, ser reconstituída". Vez por outra, surgem impostores que se autoproclamam herdeiros da arte vlutinskiana. É fácil desmascará-los: um vlutinskiano nunca assumiria a condição de vlutinskiano, pois a própria assunção negaria a condição proclamada. Isso prova, de certo modo, que a morte de Vlutínski não foi uma farsa: Vlutínski morreu nos instantes em que deixou de atuar, ou deixou de atuar para morrer. "Só a morte interrompe o fluxo da atuação vlutinskiana."

13

A segunda "gema" é ainda mais rara. Trata-se de uma carta de Orville Derby a João Pandiá Calógeras, escrita em inglês no Rio de Janeiro, em 14 de novembro de 1915, pouco antes, portanto, do suicídio do geólogo americano-brasileiro, ocorrido no dia 27 desse mês. Encontrei suas cinco folhas amareladas e dobradas ao meio entre as páginas da *Revista Trimestral do Instituto Histórico, Geográfico e Etnográfico do Brasil*, tomo XLI, Parte I, 1878, que contém a tradução do holandês da "Narração da Viagem que, nos Anos 1591 e Seguintes, fez Antonio Knivet da Inglaterra ao Mar do Sul, em Companhia de Thomaz Candish". O exemplar pertencera a

Derby, pois contém na parte inferior da segunda capa seu *ex-libris*. A carta está incompleta, sem algumas – duas ou três – de suas folhas intermediárias. Seu conteúdo, ou o que restou dele, não esclarece os motivos do suicídio, mas deixa ver um Derby atormentado, muito diferente do reservado e sereno que a história registra. As razões do tormento também não são claras. Na carta, Derby aborda a geologia, mas numa perspectiva distinta da que costumava usar, e num tom íntimo e intenso, que por vezes beira a desesperação. Em dado momento, Derby diz:

O mundo que os homens têm diante dos olhos, seja ele qual for, não corresponde ao mundo que vibra e pulsa sob seus pés. Cidadãos de bem queixam-se da violência – física, econômica, política, psicológica – da urbs... *Mal sabem eles, ou se sabem não alcançam seu sentido, que a Terra geme e sofre, em sua vida óssea e intraóssea, que é sua vida plena, de uma violência cuja intensidade nunca poderemos dimensionar, e cujas origens remetem a um tempo imemorial. A Terra agoniza por nós, e sua agonia nos provê de espaço, energia, beleza, vida. A agonia da Terra é redentora, e nós, em nossa hercúlea estupidez, buscamos redenção em lugares como dogma, espírito, morte. [...] Em suas entranhas, o sofrimento da Terra é verdadeiro e grande, como o amor dela por nós, os débeis; nós, os vis; nós, os cegos...*

Essa lucidez inconformada manifesta-se ainda na passagem em que Derby toca o flanco da própria morte, desejando-a:

A Terra se alimenta de matéria morta e esquecimento, que ela transforma em atitude vital, por meio de sua violência interior insondável, de sua solidez movente feita de tempo, de sua solidão muda composta de minério e memória, de seus fantasmas fossilizados. Tenho ultimamente sentido seus movimentos no meu corpo, que um dia irá se fundir com o dela, e então, será o abraço do ínfimo e do áulico, do poro e da medula, do vício e da avidez.

Mal posso esperar esse dia, em que me consagrarei a ti, Terra, para aliviar ao menos uma fração mínima da tua dor eterna, e integrar teu núcleo, e poder retornar à tua superfície, sob outra forma, num ciclo que nunca cessa, e que sempre, sempre passa por ti.

A carta é endereçada ao doutor Calógeras, mas em vários momentos Derby parece desviar-se do destinatário, e escrever como se falasse consigo mesmo, na tentativa de pacificar uma angústia cuja raiz permanece oculta nos subterrâneos de sua voz. Ou terá o fragmento perdido da carta revelado essa raiz?

No penúltimo parágrafo da última página, Derby alude ao inframundo definindo-o como uma unidade espacial para onde convergem a noção do divino – *os deuses, ou a ideia de sua existência, habitam o interior da Terra, onde sofrem seu martírio permanente para dar-nos uma chance, que rejeitamos, de salvação* – e a figuração do inferno – *a intuição religiosa, em sua lógica alegórica, é certeira ao dispor o inferno no plano intraterrestre, onde tudo é tormento.*

Para Derby, o âmago da Terra espacializa o Absoluto, essa utopia do século XIX.

14

Ontem, ao vagar pelos corredores da Biblioteca da Humanitária, mais por hábito do que propósito – já havia dado por terminada a demanda do ensaio da ossada de Prados –, descobri por acaso, não uma “gema”, e sim um “tesouro”! Um “tesouro” de capa verde-musgo, bem conservado, que estava oculto numa pasta azul de plástico, entre folhas de jornais antigos, na seção da hemeroteca. Tomei-o num gesto de rotina, e o abri distraído, mais por costume do que por curiosidade. Era um caderno encapado, de páginas envelhecidas e manchadas, preenchido com letra que, pelo formato, miúda e redonda, denunciava a caligrafia de uma criança. As primeiras palavras que cruzaram meus olhos descreviam uma viagem de barco, uma pescaria em família, uma caçada com amigos... Folheei o volume já com algum interesse. Parecia um diário, e os diários sempre me foram interessantes não apenas pelo que expõem de história do cotidiano mas sobretudo pelo fato de guardarem uma voz que fala consigo mesma. Sempre acreditei ser o monólogo mais revelador do que o diálogo. Assim, quanto mais desinteressado um diário, mais rico ele é. E este me parecia, à primeira vista, assim: autocentrado. Fui ao seu início, e na página de abertura, completando a inscrição *Pertence a*, a mesma letra bojuda e frouxa deixava ler: *Luiz Antônio Gonzaga*. A primeira entrada datava de agosto de 1867, e a última, de julho de 1869. Lia o caderno agora com sofreguidão! Queria me certificar de que o Gonzaga era mesmo o Gonzaga: o Gonzaga da bodega do Gonzaga. Ali na biblioteca, li o caderno de uma sentada. Sim, era ele: o Gonzaga! Um achado! Um achado histórico! Não se tinha notícia dessas notas, escritas por um menino entre treze e quinze anos, que se tornaria, por força de seu tino, empenho e carisma, um pequeno mas emblemático empreendedor de sucesso, durante uma fase decisiva da vida comercial de Santos.

15

Sábado, 30 de novembro [1867]

Ontem, eu e Zenão saímos para as nossas brincadeiras costumeiras... O bafo do mormaço do fim da tarde era forte sob o céu nublado, que ameaçava chuva. Caminhávamos na direção dos Outeirinhos, como fazíamos sempre, depois das aulas do padre Vilela. Zenão falava de política, seu assunto favorito. Seu pai estava na Guerra do Paraguai, como voluntário, e Zenão temia perdê-lo em combate. Mas disse também que se sentiria orgulhoso se isso acontecesse. Tu acha que teu pai vai morrer?, perguntei. Acho que não, respondeu. Mas se morrer, morrerá com dignidade, completou. Não é melhor ser um covarde vivo do que um herói morto?, indaguei. E você conseguiria viver carregando a vergonha como uma pedra enorme sobre as costas?, devolveu-me. Por coincidência, passávamos pelo terreno das pedras gêmeas quando Zenão falou isso.

O terreno das pedras gêmeas nos era familiar. No verão, ficávamos ali, debaixo dum coqueiro, catando e comendo coco, e bebendo da sua água. Nos domingos de primavera, o atravessávamos para chegar à mata onde havia ovos de macucas, cuja coloração azul-esverdeada lembra o mar, e que ficávamos admirando para depois retorná-los a seus ninhos. Zenão dizia que as ariscas macucas eram parentes distantes dos extintos dodós, trazidos ao Brasil pelos portugueses, e que por isso devíamos preservá-las, pois já havíamos exterminado seus desengonçados avós. E como é que avós desengonçados tornaram-se netos ariscos?, duvidei, uma vez, mais como provocação. Da mesma forma que um paradoxo no pensamento nem sempre o é na natureza, respondeu quase sem pensar. Zenão é muito habilidoso para criar máximas, tem um pensamento ágil como nunca vi num adulto. Talvez por isso ele exerça certa ascendência sobre mim e outros meninos da vizinhança. Zenão dizia que sua inteligência vinha dos avós paternos, que tinham sangue suevo. Os suevos são um povo de alto pensar, sentenciava. E onde fica a Suévia?, eu queria saber. Os suevos se espalharam pela Europa, chegaram à Espanha, Portugal... Como os ciganos? Então Zenão se irritava: cala essa matraca murcha e ignorante. Os suevos são guerreiros, pensadores, nobres, não fazem intriga, nem comércio barato, são uma elite militar.

Foi quando passávamos pelo terreno das pedras gêmeas que vimos movimento de soldados. Era incomum ver pessoas ali, quanto mais soldados! Eles escavavam a terra ao lado da pedra assombreada pelo coqueiro. Zenão puxou-me para trás dum monturo de esquina donde ficamos a observar. Alguns escavavam com sachos, pás, outros com enxadas, enquanto os demais olhavam e conversavam, sem que, no entanto, pudéssemos ouvir o que diziam. Havia caixas de madeira no chão, que foram sendo depositadas nas covas. Eram caixas como baús, negras, com cerca de dois palmos de altura por quatro de largura. Não eram féretros de cadáveres. Glória aos céus! Por que estão enterrando aquelas caixas?, perguntei. Não sei. Talvez seja um tesouro, aventei. Ou uma maldição. Maldição? Aquilo que nos esforçamos para esconder bem escondido, das duas uma: ou é um tesouro, ou um opprobrium. Opprobrium? *Nunca ouviu o vigário falar essa palavra na missa? Sei lá, acho que não.* Opprobrium *é algo que nos envergonha, e de que nos queremos livrar, às vezes, a qualquer preço. E tu acha que eles estão enterrando um tesouro ou um...* opprobrium? *Só sei que estão enterrando um segredo. Um segredo é como um tesouro, eu disse, imitando o ar proverbial de Zenão. Não seja inocente: um segredo pode ser perigoso. Como um...* opprobrium? *É, como um* opprobrium. *Sei, vai me contar agora que tu não quer saber que segredo aqueles soldados estão enterrando... Vou te contar que, quem quer que queira desenterrar um segredo, é preciso estar preparado para isso. Eu estou, garanti. É, todos sempre acham que estão.*

16

A relação da Marquesa de Santos com a cidade que ela representava era no mínimo distante. E só não foi de todo inexistente porque, em 1845, a marquesa doou a considerável quantia de quatrocentos mil-réis para a construção do Chafariz da Coroação, inaugurado no ano seguinte, no Largo da

Coroação, atual Praça Visconde de Mauá. Além de adornar o largo, o chafariz também funcionava como dispositivo de abastecimento de água para a população. O benefício, porém, não alterou o modo como a marquesa era vista na cidade. Todos sabiam que o título que ela ostentava lhe fora dado por D. Pedro como um ato de pirraça aos irmãos Andrada, então rebelados contra o imperador. Todos em Santos sabiam e defendiam e apoiavam seus heróis. A marquesa tinha consciência de que, se pisasse a cidade, seria recebida com frieza, ou talvez até mesmo com hostilidade.

Não é verdade, no entanto – como afirmam alguns historiadores –, que a marquesa nunca esteve, ou sim, mas só de passagem, em Santos. Esteve. Sem planejamento, sem publicidade, e por um breve período. Foi quando ela, seu segundo marido – o brigadeiro Rafael Tobias de Aguiar – e os filhos retornavam a São Paulo desde a capital do Império no vapor Piratininga. O brigadeiro sofria com problemas renais, que lhe causavam cólicas terríveis. Na viagem, sua condição de saúde, já debilitada, agravou-se. O vapor atracou no Porto de Santos na manhã de 4 de outubro de 1857. A família, que deveria subir a Serra do Mar, decidiu permanecer na cidade, até que o brigadeiro apresentasse melhora. Hospedaram-se, com toda a bagagem, na casa do monsenhor Manoel Francisco Vilela, que morava ao lado da Igreja do Carmo. Ali, permaneceram por três dias. Na madrugada do dia 7, dada a piora do brigadeiro, resolveram voltar às pressas ao Rio no mesmo vapor. Esperavam encontrar na capital um médico capaz de aliviar o tormento do agonizante, que preso à maca de lona urrava de dores ao ser embarcado. Era desconcertante ver aquele homem notável por seu espírito arrojado e pragmático, sua força de caráter, que fizeram dele um dos paulistas mais insignes da história, destruído e inutilizado pela dor. No caminho, cercado pela família, o brigadeiro morreu, quando o barco se aproximava da Baía de Guanabara. Dessa vez, a marquesa preferiu regressar por terra a São Paulo, onde o brigadeiro Tobias de Aguiar foi sepultado, com honras militares, na Igreja da Ordem Terceira de São Francisco.

17

O vulcão me tragou. Desde que soube da sua existência no bairro onde cresci, tenho me ocupado dessa história. Há nela algo que me atrai, e que não consigo definir o que é. Desde que soube da existência do vulcão, tenho percorrido seu interior, sentido seus abalos sísmicos, submergido em suas nervuras de magma. Na violência de suas veias em chamas, viajei a lugares que não havia visitado, corri espaços que me mostraram paisagens reais e imaginárias, levantei questões sobre as quais nunca havia pensado, conheci personagens dos quais não tinha notícias, acompanhei suas trajetórias, sonhei seus anseios, vivi suas esperanças, sofri suas angústias. Tudo na ânsia de tecer uma trama bem urdida e eloquente, à sombra do real, que se abandona à sanha dos seus inimigos. A trama assim evolui recalcitrante. Há sempre um ponto solto que não se prende a nenhum outro. Há sempre uma fenda que não se fecha, como uma ferida que não cicatriza. Todo obstáculo é passível de ser transposto, mas sua transposição implica sempre a erupção de outro, que me desafia.

18

Nos fundos da minha casa, na rua Silva Jardim, num quintal comprido e murado, havia duas pedras separadas, ao lado de um coqueiro. Mediam cerca de um metro e meio de altura, ou pouco menos, e tinham formatos semelhantes, como o de ovos pré-históricos. No verão, cobria-as com lençóis da minha mãe, e fazia uma tenda, onde passava os dias lendo livros de aventura. Batizei-as de Cosme e Damião. Centímetros mais alta, a Damião, ladeava o coqueiro, e era minha preferida. Sempre a escalava primeiro, para ver o mundo desde seu topo, com uma mão aberta à testa, fazendo uma aba com os dedos, e a outra, como um ó, em forma de luneta. Soltava então um "terra à vista!" imaginando-me marujo de uma esquadra perdida, no mirante do mastro principal, a avistar uma praia deserta, onde depois de meses no mar a esmo poderíamos enfim aportar e sobreviver. Isso, claro, se não houvesse índios canibais à nossa espreita para nos atacar. E era eu também, entre todos, o primeiro que os avistava, camuflados na floresta.

Foi uma infância solitária, mas nem por isso triste. Minha mãe cuidava do meu irmão em casa, e meu pai vivia ocupado com a política. Era a época da repressão, e seus amigos estavam desaparecendo. Eu e minha mãe temíamos que algo lhe acontecesse, mas não podíamos fazer nada. Ele acreditava que a política era impreterível, e que sua intervenção, através de grupos organizados, constituía a única via de reforma permanente do homem e da sociedade. Por isso, dedicava-se a ela, mais do que a tudo, como a uma causa de todas a mais nobre. Sacrificava-se com grandeza de ideais, com retidão de espírito, com cálculo e ternura destemidos. De nós, em casa, esperava apenas paciência e compreensão. Naturalmente, queria que eu seguisse seus passos. Preparou-me para isso. Levava-me às assembleias clandestinas, onde se discutiam ajuda às famílias com parentes desaparecidos, e rumos de ação e de resistência ao regime. A sobrevivência humana não podia prescindir da ideia de dignidade. E os que agiam na sombra da repressão para derrotá-la guiavam-se por esse lema, que os legitimava e os fortalecia. A política era antes uma forma de empatia solidária do que um aparato ideológico que aspirasse ao poder. E isso me atraía, embora eu já pressentisse, na minha sensibilidade de menino, que a generosidade precede a política, e não lhe é dependente.

Anos depois, com a abertura, essa lógica se inverteu, e os grupos políticos passaram a priorizar o poder sobre o bem comum, então tornado pretexto. E eu passei a me questionar se essa lógica não terá sido, nas galerias dos bastidores, a dominante em todos os tempos. Em sentido coletivo, talvez sim; no caso do meu pai, não sei. Meu pai era idealista demais para se deixar seduzir pelas capas do poder. Por outro lado, perseguiu-o quando pôde, na redemocratização. Foi vereador e chegou até deputado federal. Foi quase ministro, e decepcionou-se a valer quando viu seu nome preterido, por uma manobra da oposição, dias antes de ser anunciado. Sua decepção só não foi maior do que a que sentiu no dia em que soube, ou confirmou, que eu não me interessava por política. "Pai, entenda, é o meu temperamento... ele não permite que eu me associe a grupos por afinidade ideológica, só por afeto." Mas ele não entendia, ou queria não entender. "E ideologia e afeto são, por acaso, inconciliáveis?", perguntava. "Pai, não vale a pena..." "E qual é, afinal, a sua ideologia?", já elevando a temperatura da voz. "*Pas de votre*", era minha resposta-padrão, irônico-sincera, que eu lhe dava, sempre que sentia que ele queria pegar no meu braço.

19

O mistério das "armas da marquesa" parece, enfim, solucionado. Gonzaga confundiu-se na distância de algumas quadras. O "vulcão" irrompeu na rua Ana Carvalhais, atual Almirante Tamandaré, em 1896, e as "armas da marquesa" foram enterradas num terreno da rua Cócrane, atual Silva Jardim, em 1867. O diagnóstico de Orville Derby foi acertado: não houve atividade vulcânica na rua Ana Carvalhais. Mas Gonzaga também não se enganou: há um segredo explosivo que dorme sob as terras do Macuco.

20

Na UTI da Santa Casa, sentado ao seu lado, sussurro em seu ouvido: "Pai, há um segredo à espreita que espera para ser revelado, um segredo que está prestes a explodir, e dar à luz outros segredos. Ontem, no final da tarde, no calçadão da praia, vi crianças brincando de ciranda. Elas dançavam em roda, ao ritmo surdo da batida de seus pés na areia, e de palmas que respondiam cadenciadas em contraponto. Havia sempre uma criança ao centro, que improvisava movimentos, embalada pela pulsação sincopada da roda. Todas intercalavam-se, cada uma buscando, sob o olhar das demais, reinventar meneios e requebros, que ora emergiam doces, ora breves, ora intensos, ora graves... Uma menina caminhou ao centro como se caminhasse solitária sobre as águas de um mar antigo e desconhecido. Lá, se deixou ficar estática, sem esboçar o menor gesto. A roda, ao perceber, fez crescer a força de sua batida, e um menino, sentindo-se talvez mais provocado, começou a entoar alto uma cantiga – "Pai Francisco entrou na roda, tocando seu violão..." –, que os outros completavam. Nada disso surtiu efeito. A menina permaneceu imóvel, com o olhar fixo em seus companheiros, e um leve sorriso no rosto moreno e simpático. Apenas seu cabelo movia-se à brisa fresca da tarde. Eu tentava decifrar-lhe a fisionomia. Seria aquela uma imobilidade tímida ou desafiadora? De repente, alguém da roda entrou para substituí-la. Gingava como um capoeirista, ágil, manhoso, ameaçador. A menina não se moveu. Era como se ninguém estivesse ali, era como se a música não soasse, era como se o mundo não existisse. Ainda assim, aquela menina ocupava o centro. O centro da roda. O centro do mundo. O centro de si mesma. O centro de uma imobilidade vigorosa. Pai, há um segredo, mas se não houvesse, nós o inventaríamos, ou ele nos inventaria, para que nós o inventássemos. Há um mistério que precisa ser resgatado da sombra, protegido, acariciado, e com mãos amorosas desvelado, véu a véu, até que, todos descerrados, sua nudez seja exposta na sala dos troféus".

21

Da casa da Silva Jardim, nos mudamos para um apartamento na Senador Dantas. A casa foi alugada para uma família conhecida nossa, que tem um filho com paralisia cerebral. O pai trabalha no porto, num escritório de despacho aduaneiro, e a mãe, quando abriu-me a porta, sorriu: "Pedro, que surpresa! Como vai? Entra. E o Milton, alguma melhora?" "Ainda não, D. Ângela. Continua na mesma, o que no caso dele, não é má notícia. E o seu Jorge? E o Jorginho?" "Bem também. Quer um café?" "Aceito." Percebi que D. Ângela, na cozinha, parecia um pouco desconfiada. Talvez pensasse que a minha visita tinha o propósito de falar do aluguel, propor aumento, cobrá-lo. Por isso, tratei logo de dizer a que vinha. "Você se incomodaria se eu fizesse uma escavação no quintal?", perguntei enquanto tomava café. "Prometo deixar tudo exatamente como estava, antes de sair." "Uma escavação?" "É. Não é nada sério. É que lendo uns textos antigos, descobri que alguém parece ter enterrado algo no quintal." "Não é melhor chamar a polícia?" "Não. Não é um cadáver. Não se preocupe. Acho que são umas armas antigas, que nem funcionam mais." "Umas armas... Claro, Pedro, fique à vontade. Você tem ferramentas? Trouxe?" "Sim, estão no carro."

Nessa manhã quente e úmida, típica do verão santista, iniciei minha busca. Armas? Armas da marquesa? Armas com que a marquesa tentou matar a irmã? Armas da marquesa e do brigadeiro? Caixas pretas? Caixas como baús? Um segredo? Um mistério? Um vulcão? Um vulcão dormente? O verdadeiro vulcão do Macuco? Perguntas que eu fazia enquanto abria a terra. O suor encharcava-me o corpo, irrigava o solo, e eu sentia, mesmo a distância, a maresia que vinha da praia, ouvia as ondas quebrando, o chiar branco das espumas, via as pessoas caminhando à beira-mar, sob o sol e o céu daquela manhã. Nós íamos à praia sempre ao final da tarde, por causa do meu irmão. Papai nos acompanhava, quando não estava ocupado ou viajando. Foi numa dessas idas que minha mãe conheceu D. Ângela, que com o tempo passou a frequentar nossa casa. Por um instante, interrompi a escavação, respirei fundo, e pensei abandonar tudo aquilo. Abandonar tudo aquilo, e ir à praia. Levar comigo D. Ângela e o

Jorginho. Ao abrir a terra para lhe retirar algo que nem ao certo sabia o que era, ou para que serviria, fosse o que fosse, não estaria eu, de fato, abrindo minha própria sepultura? Afinal, para que eu buscava aquilo, numa manhã radiante, cansado, confuso, ensopado de suor? Talvez eu devesse mesmo me deitar naquele fosso que eu abria, e abria, e abria, e me deixar ficar ali, imóvel, sereno, dócil, até que meu pensamento por fim se dissipasse, e meu corpo, lento, lento, lento, se reintegrasse à natureza. Então, entre Cosme e Damião, à penumbra do coqueiro, eu seria Doúm. E se alguém perguntasse: "Cosme e Damião, cadê Doúm?", eles responderiam: "Doúm foi viajar e num deixou rastro nenhum". Nenhum rastro de existência, por mínimo que fosse. Nenhum sinal como aquele, vital e doído, que eu ouvia agora vindo de dentro da casa. Jorginho acordara nervoso, talvez pressentindo minha presença, e de sua cama, em contorções, grunhia e urrava, enquanto D. Ângela tentava pacientemente acalmá-lo: "Está tudo bem, Ginho. Tá com fome? Tá com sede? Quer que eu abra a janela? O dia tá lindo lá fora. Olha! Claro que eu te amo, meu amor, claro. Dá cá um abraço, um abraço forte, bem forte. Claro que eu te amo..."

A voz surda do Jorginho revigorou minhas forças e minha determinação. Era preciso terminar o que eu havia começado. Eu deveria parar, fazer um intervalo – há horas que eu abria a terra sob um sol ferrenho, sagital – mas me vi, ao invés, escavando com mais e mais vigor. Esperava que a qualquer momento a pá, ou a enxada, que eu revezava, tocasse por fim uma caixa de madeira. E então, eu a abriria, e em seguida fecharia, sem examinar seu interior mais do que com um relance. Recobriria a terra e iria embora para sempre, num sempre sem fim. Desapareceria sem deixar sinal.

Nada. Zero absoluto. Zero total. Zero infinito. Seria, enfim, invisível, imiscível, imemorável. Mas a caixa de madeira não era tocada, ou não se deixava tocar, e Jorginho gritava, gritava com sua mãe, dando-lhe ordens numa linguagem bruta e esfacelada. Parei de escavar a terra quando minhas mãos já não podiam nem sequer agarrar o cabo da enxada. Deitado naquela vala que eu havia aberto, apenas ofegava, como um agonizante. E se pude levantar o braço uma vez foi porque ali, na areia úmida do solo, entre vermes esbranquiçados que se contorciam em fuga, vi um papel: um envelope branco, manchado de terra.

22

Abri o envelope e dele retirei uma folha de papel, que estava dobrada. Ao desdobrá-la, vi que nela havia um desenho de criança, colorido, bem conservado. Havia também uma inscrição. E pelo contorno das linhas do desenho e das letras pude reconhecer tudo como meu. Eu não me lembrava de tê-lo feito nem enterrado ali. Mas o fiz e o enterrei. Por quê? Que significado teria? Era estranha aquela sensação intrincada de descoberta e reconhecimento. O desenho mostrava um mapa-múndi, com os oceanos azuis e os continentes laranja. Eu o havia decerto copiado de um atlas, porque estava tudo muito bem proporcionado, e até recortado com os "gomos" dos fusos horários. Como uma abóbora achatada. Mas sua forma não era ovalada, como a dos mapas-múndi convencionais. O meu – para minha surpresa – possuía a forma de uma pera, com o centro do polo norte puxado para cima. O mundo era uma pera, mas uma pera sem talo. No lugar do talo, havia um mamilo, protuberante e rosado. O mundo era uma pera com um talo de mamilo! E sobre o mamilo uma criança, radiante de felicidade, pulava abraçado a uma sereia de cauda dourada. Como se o mamilo fosse uma cama elástica. Sobre suas cabeças, nuvens. E entre as nuvens, anjos loiros com trombetas brilhantes. E sobre as nuvens e os anjos, o sol. Um sol laranja, da cor dos continentes, que ele parecia do alto iluminar. A inscrição cortava o céu, as nuvens, e os anjos, sob o sol, na forma de um arco-íris. Era uma palavra, escrita com grandes letras coloridas: B negro, A branco, G rubro, A verde, Ç azul, A roxo: BAGAÇA.

NOTA DO AUTOR

A bem da verdade, não sei muito sobre a vida de Pedro Clemes. Lembro-me de que nos conhecemos no curso de violão do Teatro Municipal no início dos anos 1980. Lembro-me mais pontualmente de 1981, ano em que dois eventos marcaram a história do conjunto de violões do maestro Antônio Manzione, do qual participávamos. O primeiro foi a mudança do nome do grupo, que passou a chamar-se Camerata Heitor Villa-Lobos, sob os auspícios da viúva do compositor, D. Mindinha, que autorizara o uso do nome. O segundo ocorreu no dia 21 de junho, quando a camerata inaugurou a concha acústica Vicente de Carvalho, no Canal 3. Nesse período, Pedro e eu nos aproximamos. Ele era um exímio violonista – poderia ter tentado carreira internacional, se quisesse – e um ávido leitor. Eu gostava de conversar com ele, porque sempre aprendia algo de música ou literatura.

Pedro era mais velho do que eu seis anos. Eu estava no colégio, e ele trabalhava numa agência dos Correios, na Avenida Conselheiro Nébias. Eu ia lá, às vezes. Quando me via na fila, ele vinha falar comigo. Era amável e sério. Também muito dedicado, meticuloso mesmo, em tudo o que fazia. Por isso, sempre se destacava. Sua personalidade reservada não procurava tirar qualquer proveito disso, além do íntimo, que, imagino, ele sentia. Eu era jovem, ainda em formação, e tudo isso me impressionava. Não será de todo exagerado dizer que, nesse tempo, Pedro tornou-se um modelo para mim. Um modelo de vontade determinada, que trilha seu caminho com segurança, sem pressa e sem descanso, consciente de seus próprios limites, e das metas que elegeu para si. Um modelo que eu buscava imitar, mas não emular.

Fora da camerata, chegamos a nos apresentar em duo, algumas vezes, no Municipal e no Teatro do Sindicato dos Metalúrgicos. Vivaldi, Scarlatti, Castelnuovo-Tedesco. Gostávamos sobretudo dos italianos. Eu escolhia sempre o segundo violão; não era uma imposição, mas uma escolha natural, minha. Eu morava com minha mãe num quarto e sala minúsculo, e por isso ensaiávamos no seu apartamento, na Senador Dantas. Foi num desses ensaios que descobri que Pedro tinha um irmão doente. Um grito rouco e abafado, como um uivo, vindo de um dos quartos, nos interrompeu uma tarde. “É meu irmão”, ele disse, e não falou mais nada.

Perdemos contato quando fui para a universidade. Por essa época, Pedro deixou os Correios, e tornou-se um homem recluso; quase não saía nem do próprio quarto. Eu sabia disso porque Rosalina, que morava no meu prédio, e era conhecida de minha mãe, fazia a limpeza do apartamento de Pedro. Foi ela quem me disse um dia, quando a encontrei por acaso, que o irmão dele havia morrido, e que eles eram gêmeos. Foi uma surpresa e uma revelação para mim. Não sabia nem da morte do irmão de Pedro, nem que Pedro e seu irmão eram gêmeos. Depois que soube, fui visitá-lo uma manhã de domingo.

D. Sônia me recebeu na sala, e disse que o filho estava dormindo. "Pedro troca o dia pela noite. Quando ele acordar, digo que você veio e peço para ele te ligar. Não se preocupe." Não me ligou. As poucas notícias que dele me chegavam me eram ainda passadas por Rosalina. Eu gostava do Pedro, lhe queria bem. Queria ajudá-lo, se pudesse, mas também respeitava sua decisão de buscar isolamento. "Pedro está bem. Lendo, escrevendo e compondo. Em tempo integral. Ah, cantando também. Comprou até um gravador, desses profissionais. Ele costuma dizer que precisa fazer isso, que criar para ele não é escolha, é destino", revelou-me D. Sônia naquela manhã. "Seria fantástico ver o que o Pedro está fazendo." "Nem a mim ele mostra. Talvez depois... Não sei. Você sabe como ele é."

D. Sônia Clemes morreu em 1995. Soube de sua morte por Rosalina, que havia sido dispensada, e procurava trabalho. Minha situação financeira havia melhorado, e por isso a contratei para trabalhar na minha casa. Lembro-me do ano, porque foi quando me casei. E por causa da correria do casamento, não pude procurar Pedro. Casei no fim de novembro, e no começo do ano seguinte, fui uma manhã ao apartamento dele, na Senador Dantas. Era época de Carnaval. Recordo-me bem porque Pedro me recebeu em trajes que pareciam em tudo carnavalescos. Vestia um robe roxo, resplandecente, fechado por um cinturão largo e dourado, e umas sandálias de couro trançadas, como as dos romanos, cor de bronze. Além disso, tinha cabelos e barba longos. Passado o choque inicial, agi com naturalidade. Pedro mostrou-se cordial, e convidou-me para entrar e conhecer seus amigos. O apartamento tinha uma aparência nova e algo extravagante também. Havia animais por toda a parte: gatos, cachorros, pássaros – incluindo um papagaio –, uma iguana e um porquinho-da-índia. E plantas, muitas plantas. "Acho que nunca te perguntei isso, Mario: você gosta de animais, não?", enquanto me levava pelo corredor de entrada. "Claro que sim." "Mas não é vegetariano, é?"

Os amigos de Pedro estavam na sala, eram cinco ou seis jovens, e um homem mais velho, corpulento, Plínio, que eu conhecia de vista, porque era tio de um colega meu da universidade, que também se chamava Plínio. Ele me reconheceu, sentei-me ao seu lado, e trocamos umas palavras. Pedro me apresentou aos demais, e em pé, continuou a falar sobre algo que a minha chegada havia interrompido. E porque havia chegado no meio, não compreendia bem o que estava sendo dito: transmigração das almas, amor e discórdia, sacrifício de animais... Não fosse pela exótica vestimenta, eu diria que Pedro pregava àquelas pessoas como um monge budista. Sua pregação era suave entre plantas e animais, mas seu conteúdo soava algo obscuro, ao menos para mim. E eu estava ali por outros motivos. Queria apenas ver Pedro, saber se ele estava bem, conversar com ele. Logo percebi que isso não seria possível. E sentindo-me um pouco deslocado, me despedi. Pedro disse-me que voltasse, quando quisesse. Não voltei.

Naquele mesmo ano, comecei a trabalhar em São Paulo. A serra e o trabalho me consumiam energia, e por isso, com o passar do tempo, Pedro acabou se tornando um assunto tocado de passagem, no início por curiosidade, depois mais por hábito, nas minhas rápidas conversas na cozinha com Rosalina. Como ela trabalhara na Senador Dantas por um longo período, mantinha ainda contato com moradores do prédio. E segundo soube, Pedro passou a se vestir daquela forma depois que fundou um "grupo de estudos" no seu apartamento. O que estudavam aqueles jovens, Rosalina não sabia ao certo. "E o Plínio?", perguntei uma vez, sabendo que ela também o conhecia, "o que faz ele ali no meio daquela garotada?" Parece que antes de morrer, D. Sônia escreveu uma carta pedindo que, caso ela faltasse, Plínio cuidasse do Pedro. "O Plínio é um homem solteiro, sem filhos, que, pelo que me contou D. Vânia, do quinto andar, namorou D. Sônia na juventude." "E o pai do Pedro, continua no hospital?", perguntei. "Continua."

No final de 2004, mudei com minha família para os Estados Unidos. Tive, por isso, que dispensar Rosalina, que parou de trabalhar para cuidar de um netinho recém-nascido. E desde então, não soube mais nada de Pedro, embora pensasse nele algumas vezes, mais até do que nos últimos anos no Brasil. É que vivendo no exterior, longe de tudo, tende-se a recuperar algumas raízes deixadas no lugar de origem. E para mim, Pedro era uma dessas raízes. Uma, que floresce no solo da memória para adorná-la, e compensar um pouco a distância que nos separa dos que ficaram para trás. A profundidade dessa raiz não saberia dimensioná-la. Mas é certo que, fosse ela qual fosse, sua dimensão cresceu e se aprofundou em 2011.

Em julho desse ano, viajamos ao Brasil porque minha mãe iria fazer uma cirurgia cardíaca, e eu queria estar lá, junto dela. A cirurgia correu bem. Visitei-a na UTI, e ela estava consciente, apesar de bastante cansada. Pouco falamos, e nos despedimos com um olhar. No dia seguinte, os médicos decidiram colocá-la em coma induzido. Quando cheguei para a visita, já estava inconsciente. Todos os dias, no horário estabelecido, das 5h às 5h30, ia vê-la na Santa Casa. Uma tarde, entrei, e seu vizinho da esquerda não estava mais. Falecera durante a madrugada. Sua família também o acompanhava todos os dias. Isso não ocorria com todos os pacientes. Reparei que alguns não recebiam visitas, ou não regularmente. Nesses casos, pensei, à tristeza da internação, da saúde precária, sobrepõe-se outra: a da solidão. Passadas umas duas semanas, notei um leito, que ficava ao fundo, cujo paciente estava sempre só. Nunca, desde que havia chegado, recebera uma visita sequer. Fui vê-lo uma vez, por alguns minutos. Era um senhor talvez alguns anos mais velho do que minha mãe. Tinha boa aparência, em comparação com outros pacientes. Se pudesse, perguntaria aos médicos sua história. Mas não fiz isso. Não estava ali para saber da vida dos outros. Estava ali para dar algum tipo de alento à minha mãe, esperando que ela sentisse, de alguma forma, minha presença ao lado dela.

No final de julho, entrei uma tarde na UTI, e não pude deixar de reparar que o leito ao fundo tinha, afinal, um acompanhante. Um homem calvo, gorducho, com uma camisa de botão, que de longe não reconheci, mas que ao me aproximar... Era o Plínio! "Plínio?" Ele me cumprimentou um pouco constrangido por não se lembrar do meu nome. "Eu sou o Mario, amigo do Pedro; amigo também do Plínio, seu sobrinho, lembra-se de mim?" "Claro, Mario! Claro que sim. Como vai?" "Bem... quer dizer, minha mãe está no leito 9, se recuperando de uma cirurgia." "Recente?" "Não muito. E você?" "Vim visitar o Milton." "O pai do Pedro?", perguntei, entre atônito e descrente, apontando para o leito. "Sim. O pai do Pedro." "E como ele está, quer dizer, o Pedro? Como está o Pedro?" "O Pedro morreu faz dois anos."

Saímos ao final da visita e fomos à lanchonete da Santa Casa. Sentamos e pedimos um café. "O Pedro desapareceu faz dois anos", disse Plínio. "Como assim, desapareceu?" "Ele foi visto a última vez indo à praia uma noite de mar agitado. Alguns dias depois foi dado como desaparecido, e a polícia iniciou as buscas. Nesse mesmo dia, sua sandália, uma sandália de tranças, de couro marrom, que ele costumava usar, apareceu na praia, trazida pelas ondas." "E o corpo?" "O corpo não." "E por que ele teria feito isso?" "Há algumas hipóteses, mas nada definitivo. Pedro tinha discípulos, jovens que frequentavam seu apartamento, às vezes comiam, às vezes dormiam lá, e o tratavam como uma espécie de mestre, guia, guru. Pedro iniciava esses jovens numa doutrina, que ele mesmo havia concebido, sobre o homem, a natureza, o cosmos. Algo que nunca pude compreender muito bem. Os discípulos agora estão divididos sobre o desaparecimento. Alguns acham que Pedro entrou no mar para salvar alguém em perigo – coisa, aliás, que eu também faria." "Claro", completei. "Outros acham que Pedro fez isso para demonstrar uma tese da sua doutrina, que possui um lado místico, ligado à reencarnação da alma." Esbocei um sorriso de compreensão, ao sentir Plínio um pouco inibido pelo tema. "Outros ainda acreditam que Pedro está vivo, que o aparecimento da sandália é apenas parte de uma encenação." "Confuso, não?", repliquei. "Sim, mas essa confusão tem uma lógica. É que Pedro não se comunicava com seus discípulos numa linguagem direta, usava uma linguagem cifrada, hermética, alegórica. Dizia que sua doutrina deveria ser antes sentida e interpretada do que compreendida. Você esteve lá uma vez, não? Lembra?" "Sim... mas não me lembro do que foi dito..." "Nem há registro. Essa é a segunda parte da tragédia." "Segunda parte?" "Havia mais de vinte anos que Pedro dedicava cada dia da sua vida a compor uma obra que ele definia como épico-audaciosa. Música, literatura, filosofia, ciência, religião. Ensaio, romance, poema, diário, teatro. Tudo integrado num sistema de correspondências, cujo sentido último seria a expressão do infinito, como ele dizia. Um ano antes do desaparecimento, esse sistema começou a ruir. E o colapso da criatura repercutiu no criador. Pedro perdeu o prumo. Não doutrinava mais, e reassumiu sua condição de recluso. Uma tarde, aceitou me receber, mas não me dirigiu o olhar. Escrevia apenas, como um possuído. Cartas para 'não destinatários', como me disse. Folheei algumas. Eram cartas para figuras como Abraão, Nicolau de Mira, Lear, Gepeto, Gandhi, Atticus Finch, José Bonifácio... Ao final do dia, Pedro as queimava, folha por folha, num fogareiro na varanda do apartamento. No dia seguinte, recomeçava todo o trabalho. Pouco antes do desaparecimento, Pedro queimou todos os seus escritos, milhares de páginas, e todas as fitas, centenas de fitas, com suas canções. Tudo, tudo queimado."

Minha mãe morreu no dia 13 de agosto de 2011. Eu já havia deixado o Brasil. Uma semana depois, recebi em casa pelo correio um envelope. Dentro dele, uma nota e folhas soltas. A nota dizia: "Um discípulo conseguiu salvar estas páginas. Até onde sei, são as únicas que restaram. Plínio". Ele sabia que eu estava escrevendo um livro. Fiz o que ele esperava que eu fizesse, e que faria por vontade própria, de qualquer modo. Publiquei-as acima. Não escrevi "O Vulcão do Macuco", que é de Pedro Clemes. Parece um diário, mas pode ser lido também como ficção. Não fiz nenhuma alteração, a não ser lhe apor o título. Foi lendo esse texto que descobri Orville Derby, esse personagem fascinante. Por isso, a primeira história deste livro é dedicada a Pedro. Mas todo o livro poderia sê-lo. Afinal, todas as histórias acabaram sendo contaminadas pelo estilo de Pedro; as que escrevi antes e corrigi após a leitura da história do vulcão, e as que escrevi depois. Não revelo aqui quais histórias escrevi antes, e quais depois – exceção feita a "Orville Derby" – para não influenciar os poucos leitores que dedicarão algum tempo a estas linhas.

* * *

Quando este livro já estava em processo de revisão, recebi um *e-mail* do Plínio. Os discípulos estavam tentando recuperar pela memória, num esforço em conjunto, algumas obras de Pedro. Como resultado, haviam acabado de reconstituir a letra do *Tributo do Amor Filial*, que, ao violão, Pedro lhes cantava, com alguma frequência. Cantava, mas, algo curioso, não alcançava chegar de uma só vez até o final. No primeiro refrão, "um choro agudo e entrecortado obstruía o canto, e impedia que o compositor concluísse a interpretação de sua obra", diz Plínio na mensagem. A canção está dividida em três partes. No dia seguinte, Pedro a iniciava pela segunda, e parava outra vez no refrão. Só no terceiro dia conseguia levá-la a cabo. Os discípulos sempre lhe pediam que cantasse essa canção, que Pedro fazia sempre da mesma forma: em três dias, ou três tempos. Os próprios discípulos reconhecem que a reconstituição não é perfeita, mas entendem que está muito próxima do original.

* * *

TRIBUTO DO AMOR FILIAL

"Desista... desista... desista...", repete o refrão do *Tributo do Amor Filial*. A canção narra a história de um jovem que percorre solitário a orla de uma praia matinal, encravada no verde íngreme de uma encosta em semicírculo, que desce e abraça a enseada. O brilho morno emanado das águas e areias banhadas de sol parece iluminar à contraluz o céu polido de azul, onde nuvens esculpem sinos de algodão, tocados de quando em quando pelos bicos brincalhões das aves marinhas. Alheio à paisagem, o jovem segue a passos mansos, entregue a seus pensamentos, quando entre sons de ondas breves, e da brisa que as ondula, ouve brados de um bracejar descontínuo e trôpego. Há um homem no mar em perigo! Ao vê-lo, o jovem arranca desabalado ao salva-vidas, que pronto se recusa a fazer o salvamento. "Estou muito ocupado agora. Tente você." "Não posso", diz o jovem, "já teria tentado se pudesse", atropelando as palavras. "É que meu ombro dói. Este, o esquerdo", apontando com a outra mão. "O médico que fez meu parto usou de certa displicência e alguma brutalidade. Desde então, meu ombro dói. Este, o esquerdo", apontando com a outra mão. Do alto de seu posto de observação, o salva-vidas olha fixo o mar. A âncora branca, bordada no centro do seu boné azul-marinho, parece fundeá-lo numa imobilidade férrea, crivada de musgo. "Mas o meu ombro; este, o esquerdo", apontando com a outra mão, "não me impede de ter uma vida ordinária e normal", com o olhar e a voz embargados pela aflição. "Eu trabalho, por exemplo. Eu trabalho como *crooner* numa boate do centro." "*Crooner*?", exclama o salva-vidas, como que despertando, e encarando o jovem. "Pois aí está! Que a tua falta te seja compensada com o excesso: cante para salvar aquele homem. Seu canto pode salvá-lo, sabia? Cante algo do seu repertório, que adivinho ser refinado." O jovem desconcerta-se, olha o mar, e hesita um instante, confuso.

Um barco desliza entre arrecifes e espreita a costa com um sorriso no casco. Encostado à amurada, um marinheiro gesticula em direção à praia.

Já refeito, o jovem corre em agonia. E com ondas e algas a lhe bater nos joelhos, e com o ritmo cadenciado da rebentação às costas, e diante do mar imenso e seu mistério, e do homem que braceja à vida, e que mareia à morte, entoa um canto suave, de arpas e anjos, em tom menor, na ponta dos pés, com o nariz apontado para o alto, a boca puxada para frente, um canto luminar e almiscarado. O jovem canta, e com efeito, seu canto órfico parece pacificar o homem e o mar, cuja batalha semelha agora mais a uma dança, que as ondas e o canto embalam. Ao dar-se conta, o jovem canta mais forte, determinado, galgando escalas, flutuando trinados, glissando em falsete, interrompido apenas por um toque, não sem alguma brusquidão, no alto de seu ombro esquerdo.

"Menino", diz o salva-vidas, com disfarçada impaciência, "essa sua cantoria... não vê?... espanta os peixes e estorva o trabalho dos pescadores. E o meu também, que sou obrigado a vir aqui para te advertir e pedir sua compreensão." "Mas senhor", replica o jovem, "eu estava tentando salvar aquele homem da morte, e a ideia do canto foi sua, quando em realidade, desculpe-me a maneira direta de dizer isso, era o senhor quem deveria tentar o resgate." "Eu sei, eu sei. É que eu estou muito ocupado, já disse. E a sugestão do canto foi...", suspira baixinho, "...uma ironia. Pensei que você fosse maduro bastante para perceber a diferença entre ironia e sinceridade. Eu estava sendo irônico. Estou sendo sincero agora. Me entende?"

No barco, ao longe, o marinheiro acena aos pulos, quase caindo por sobre a amurada da embarcação, abrindo e fechando os braços, sem boina, descabelado, como um doidivanas.

"O que eu entendo, senhor, é que aquele homem não pode morrer à míngua de auxílio, enquanto conversamos aqui amenidades." "Olha, menino", já contendo o riso para não explodir numa gargalhada, "se você quer mesmo fazer algo de útil, a você e a todos aqui, faça o seguinte: desista!" "Como?" "Desista... desista... desista..." E a cada "desista", o rosto do salva-vidas começa a assumir, numa transformação lenta mas profunda, as feições do pai do jovem. As angulosidades se amainam, os olhos se arredondam, o nariz se afila, o queixo recua, o cabelo lanudo se amacia, a face mal escanhoada brilha glabra, e o pai do jovem, íntegro, único, sólido, emerge solene, como a flor pelágica que aflora à superfície do mar, volteando-se morosa para converter-se em sarça de lava. Paralisado de horror, com um frio pontiagudo a lhe correr a espinha de alto a baixo, o jovem assiste ao agonizante trespasse. Antes, porém, que o último "desista" fosse entoado, o jovem reage, tenta correr, escapar, sumir. Não pode. Sequer mover-se do lugar pode. Seus pés se prendem à terra como raízes de uma árvore antiga e fatal. Nesse instante, percebe, aliviado, que habita o sonho, e acorda em lágrimas – grossas como bagos de uva –, chorando pela memória de seu querido pai.

A segunda parte da canção retoma o tema da primeira e o desenvolve com variações.

Numa floresta úmida e sombria, um homem grita mortalmente por socorro. Ao ouvi-lo, um jovem que passa, e que teme agir por si, pois coxeia de leve da perna esquerda, invade um frege-moscas de beira de estrada e precipita-se na direção do guarda, que distraído assiste à TV, sentado num velho balcão de fórmica vermelho fúcsia. O jovem o interpela, mas o guarda, enfiado num brunido uniforme cáqui, cabelos aplastados a Glostora, óculos Ray-Ban verde-escuros, de aro dourado, e botas de borracha da Polar, se nega a fazer o resgate, dizendo-se ocupado. O jovem insiste, renitente. "Pois bem, meu rapaz", retruca o guarda, com ar de enfado, "delego-te então minha arma e autoridade. Seja você o salvador." O jovem reage, inconformado: "Senhor, por que tenta insidiosamente inverter os papéis? Por quê?" Na TV, um homem vestido de Papai Noel parece acenar para a taverna. No balcão, o guarda silencia, olímpico, indiferente. Transido de febre, caldeado de revolta, esquecido por um momento do homem na floresta, o jovem avança com a arma em punho: "Advirto-o, senhor, da seriedade de minhas intenções", com a impaciência a pulsar nas têmporas. Num gesto quase brusco, o guarda vira o rosto e contém o riso, prestes a explodir. Depois, balança a cabeça, e diz, numa fala sincopadamente tamborilada, cujo ritmo faz contraponto ao da chuva, que começa a cair lá fora: "Por que tanta exasperação? Sua serenidade perturba-se à toa. A arma que me aponta, não vê? é um telescópio. Não pode me matar com ela. Só eu a ti." O jovem vacila, com o olhar atarantado. "Ouça-me apenas", sussurra o guarda, "e tome este conselho com a mesma seriedade com que investe contra mim: desista!" "Como?" "Desista... desista... desista..." E a cada "desista", como um barco a singrar no porto em morosa travessia, as feições do guarda seguem ao suave atracadouro da nítida fisionomia do pai do jovem. Gritos de horror ecoam na taverna com mais e mais intensidade. Na TV, o Papai Noel continua a sinalizar, com a falsa barba solta, sem o gorro de borla, movendo os braços com fúria. O guarda prossegue em sua regular cantilena, de que o jovem, lívido de pavor, tenta fugir. Não pode, seus pés estão como que cravados no chão, suas pernas pesam como abóboras gigantes. Fecha os olhos, que tudo veem. Fecha-os com violência, franzindo as pálpebras. Olhos que veem e pulsam nas cavidades do crânio como corações renhidos. Só então o jovem se percebe entre dois mundos, e que habita o sonho, e desperta aos urros, lavado em lágrimas – viscosas como sangue –, chorando pela memória de seu querido pai.

A terceira parte, o grand finale.

Num baile de máscaras carnavalesco, o afogado e o homem da floresta, que acabou devorado por um urso, encontram-se com o jovem que tentou salvá-los da morte. Os fantasmas se vestem de esfinges; o jovem, de pitonisa. As esfinges permitem que a pitonisa lhes faça três perguntas. "Como posso conhecer a mim mesma?", indaga a pitonisa. "Tu és inimiga de si mesma. E numa guerra, a primeira vítima é a verdade", responde uma esfinge. "Como posso conhecer os outros?", indaga a pitonisa. "Os outros são teus inimigos. E numa guerra, a primeira vítima é a verdade", responde a outra esfinge. "Quem rege o mundo: o Acaso ou a Consciência?", indaga a pitonisa. "Nem um, nem outro. O delírio da Consciência e a geometria do Acaso lutam encarniçados pela dominação do mundo. E numa guerra", respondem em uníssono as esfinges, "a primeira vítima é a verdade." "Já basta dessa tapeação em forma de sofisma barato", decreta a pitonisa. "É Carnaval! E no Carnaval como na guerra, toda verdade deve ser sacrificada em nome do Êxtase e da Beleza. Me dariam, pois, madames, o prazer dessa contradança?" E juntas, fraternas, as esfinges e a pitonisa dão-se os braços, e com a pitonisa ao meio dançam uma dança pendular, como uma gangorra. Dançam e cantam a célebre marchinha carnavalesca *Desista*, cujo refrão repete "desista... desista... desista..." E a cada "desista", por baixo das máscaras, compassada e vagarosamente, o afogado e o homem da floresta assumem a fisionomia do pai do jovem. Mais e mais festivo, o trio sai a dançar e a cantar pelas ruas da cidade, unido sempre, lado a lado, de braços firmes e enlaçados: "desista... desista... desista..." Dançam, e cantam, e chegam a um beco, que se alonga escuro, serpenteando em declive. Descem-no por entre suas paredes escuras, seus muros altos e estreitos, e ao passar por uma vitrine iluminada, decorada com espelhos, cornetins e carrilhões, veem um homem, de ventre avantajado, vestido de iroquês. Como se os esperasse, o velho índio se levanta, e cabeceia a furto à pitonisa. Não sem algum esforço, empurra para a frente da vitrine um alto carrilhão, de mogno maciço, entalhado à mão, em cujo centro, logo abaixo do mostrador, encaixa-se um espelho oval. O jovem, entre atônito e eufórico, acolhe seu destino com a coragem dos incautos. Arranca a máscara e descobre o que sua intuição já lhe havia insinuado, mas que sua ansiedade obstinava-se em desmentir: que também seu rosto começava a adquirir a imagem do pai. Já em pânico, o jovem para, cala o canto, recua o passo, e num ricto de estupor, num gesto resoluto de desatino, contrai um a um os músculos da cara desenhando para si a catadura dum esgar tão medonho como nunca se viu. A voz contida irrompe num guincho estridente, num aulido longo e lúgubre, como se jorrasse de um túnel subterrâneo recém-nascido na terra. Assustados, a mãe e o irmão correm ao seu quarto. Na cama, sob a tépida maciez de um edredom escarlate, o jovem ressona, exibindo nos lábios um sorriso úmido e crispado.

PARTE II

Em Nome da Revolução

Decálogo do Perfeito Revolucionário

1

Revolução significa virar o mesmo pelo avesso. Revolução não muda, inverte. E inversão – vale lembrar – não é mudança. O inverso do ódio não é o amor, o inverso do ódio é o avesso do ódio, ou o ódio pelo avesso. Como uma camisa pelo avesso. E uma camisa pelo avesso – vale lembrar – não deixa de ser aquilo que é: uma camisa.

2

Mas revolução, mesmo que insatisfatória ao fim a que, a princípio, se destina, seria em si um ato de notabilidade moral se a movesse o desejo de mudança. Não a move. O combustível da revolução, ou seu composto mais ativo, é o ressentimento. O revolucionário é, antes de tudo, um ressentido. Ressente-se de sua existência aborrecida, a que quer emprestar sentido e valor por meio da autoafirmação revolucionária. No fundo, embora sem confessá-lo, o que deseja é a transmutação da própria vida em outra, pois a primeira insiste em se bastar, cômoda e satisfeita, no raso da pasmaceira. Então, com o filtro do ressentimento, o revolucionário busca no outro o erro redentor. "Essa imperiosa necessidade de culpar os outros, que é patrimônio específico dos corações inferiores", nas palavras de Horacio Quiroga.

3

Embora poucas, bem poucas, contam-se no Brasil figuras de integridade revolucionária: revolucionários do não-ressentimento. Dessas, as mais notáveis foram os índios que no dia 24 de abril de 1500 subiram à caravela de Cabral, e lá, tomados de tédio, no embalo moroso do mar, dormiram nus sobre as alfombras do convés, diante da soberba atônita dos portugueses. Eis aí um ato de verdadeira sinceridade revolucionária!

4

Outro ilustre revolucionário da nossa história foi Amador Bueno da Ribeira, que em 1641, ao chegar aqui a notícia da Restauração portuguesa, foi aclamado rei de São Paulo, e prontamente renunciou à honraria. O povo, inconformado com a renúncia, saiu às ruas para atacar o rei demissionário, cujas prerrogativas régias lhe haviam sido outorgadas pela própria vontade popular. Mesmo sob a ameaça iminente de violência, e até de morte, Amador Bueno fincou o pé, e manteve-se firme na sua decisão. Não ao reinado de São Paulo ou de qualquer outra parte do Brasil ou do mundo! Não! Aos seus entusiasmados aclamadores, disse com entusiasmo redobrado: Não!

5

Mas Amador Bueno foi um revolucionário sem saber que o era. Ao contrário de Policarpo Quaresma, que pensava ser e agir como revolucionário até descobrir, no íntimo de seu espanto desolado, que de fato não o era. Descobriu-o quando entendeu o verdadeiro sentido da revolução. Mas esse entendimento, que banhou de luz seu coração e sua mente, deu-se apenas momentos antes de morrer. Nesse breve mas intenso período que antecedeu sua morte, Policarpo Quaresma encarnou a figura do autêntico revolucionário.

6

Por coincidência, e também por uma espécie de compensação, quando Policarpo Quaresma foi executado no Rio de Janeiro, nas masmorras da Primeira República, morrendo com ele o verdadeiro sentido da revolução, uma obra verdadeiramente revolucionária nascia em meio às montanhas mineiras. A única obra revolucionária da nossa literatura: *O Diário de Helena Morley*. Nele, cada palavra exprime o milagre da revolução, que é a vida em estado de exuberância, no topo de sua máxima potência. Cada gesto, cada árvore, cada respiração, cada pôr do sol, cada sombra, cada vibração, cada ser, tudo, absolutamente tudo, emerge do texto com uma energia vital arrebatadoramente embriagada de lucidez revolucionária. Tudo ali é verdade e ilusão. Tudo ali é rigor e indulgência. *O Diário de Helena Morley* encerra uma revolução sem precedentes em nossas letras. Ao menos, até 1942. Ao ser publicado, para desconsolo de seus leitores, que o amamos, o diário da menina diamantina perdeu parte de sua aura revolucionária. Melhor teria sido – muito melhor! – se Helena tivesse recusado a proposta de expor seu cotidiano íntimo de pré-adolescente, e diante da insistência do marido, que fora o primeiro a lhe sugerir a publicação do diário, deitado e dormido no tapete de sua sala. Vestida, naturalmente. Ou nua, também, se quisesse.

7

Demitir-se, não omitir-se. Autocentrar-se diante do centro. Desafiar as circunstâncias para não ser circunstanciado. Ser audaz, não mendaz. Situar o pensamento e sitiar a ação: agir sob a égide da vontade desinteressada. Interessar-se pelas coisas porque elas existem, e são como são. Embriagar-se de mundo e recriá-lo em potência. Eis alguns passos da revolução! Não a do ressentimento, cujo solo é estéril, e o ar, tóxico. Mas a das sensações!

8

Da moral, todas! Desde que sem proselitismo. A moral do bem – qualquer que seja a noção de bem –, ao ser tomada pelo proselitismo, torna-se do mal. A moral do mal, sem o efeito do proselitismo, é como uma doença letal, não contagiosa, que mata apenas o doente infectado. Deixemo-lo morrer em paz, que todos queremos morrer nos braços na Boa Morte. Os bons e os maus. A revolução da razão sensorial, a estimulante revolução da experiência e dos sentidos, deve voltar suas baterias contra o proselitismo de qualquer coloração ou espécie, do bem e do mal, que todos são abjetos, que todos são nefastos.

9

Mas proselitismo, apostolado, doutrinação, propaganda, nada disso será superado. Porque na base de sua atuação, dando-lhe suporte e retaguarda, há um problema incontornável: o da necessidade metafísica, ou a ideia da existência de uma verdade absoluta, eterna e imutável, como um centro imóvel, sagrado, ao qual tudo e todos estamos, na origem, atados. Também aqui, neste decálogo, falou-se em "*verdadeiro* sentido da revolução". Seu verdadeiro sentido, porém, é o de que revolução, como qualquer conceito – que todos se plasmam na língua –, constitui uma cadeia infinita de possibilidades de sentidos, que aguardam o arbítrio de uma consciência responsavelmente livre. O caos produzido pela expansão contínua e descontrolada dos sentidos incita o trabalho dessa consciência, cuja liberdade se compraz na tarefa incessante e lúdica de domar o delírio da linguagem.

10

Uma mudança acaba de ocorrer! A grande transformação! O salto vital! O eixo se desloca, perde equilíbrio e cai. A consciência lúdica e criativa instilou sua liberdade no caos, que deu à luz uma estrela dançante. O mundo, visto do alto, exulta. A coragem da sensatez se destempera num arroubo de ponderação. O sentido corteja a voragem. A moral desenha um vulcão. A verdade, diante do espelho, ri de si mesma. Seu riso desliza nas volutas e revoluteia nos vincos do rosto do tempo. A vida, enfim, se avigora.

❧ Sobre o Autor ❧

Mario Higa vive nos Estados Unidos onde trabalha como professor associado no Departamento de Espanhol e Português do Middlebury College. Pela Ateliê, publicou *Poemas Reunidos*, de Cesário Verde (2010) e *Matéria Lítica: Drummond, Cabral, Neruda e Paz* (2015). *O Hóspede* é sua estreia na ficção.

Título	*O Hóspede*
Autor	Mario Higa
Editor	Plinio Martins Filho
Produção editorial	Aline Sato
Capa	Camyle Cosentino (projeto)
	Billy Alexander, pt.freeimages.com (imagem)
Editoração eletrônica	Camyle Cosentino
Formato	14 x 21 cm
Tipologia	Granjon
Papel	Chambril Avena 80 g/m² (miolo)
	Cartão Supremo 250 g/m² (capa)
Número de páginas	144
Impressão e acabamento	Renovagraf